長編小説

みだらな保母さん

〈新装版〉

草凪 優

竹書房文庫

目次

第一章　アナタお仕置きよ

1

　リビングのある二階にあがっていくと、窓からピンク色の夕陽が射しこんでいた。そろそろ夕食の買い物に出かけなければならない時間である。買い物リストをもらうために、森野龍之介《もりのりゅうのすけ》は叔母の姿を探した。リビングの手前に位置するバスルームのドアがわずかに開いているのが眼に入り、心臓がドキンとひとつ跳ねあがった。

　この家のバスルームは珍しい造りになっていて、脱衣所と洗い場を仕切るガラスが透明だった。普通は曇りガラスなのに、上から下まですべて素通し。つまり、ドアが開いていれば、洗い場までのぞけるというわけだ。

　奥からシャワーの音が聞こえている。

　いまこのとき、バスルームを使っている人がいるとすれば、叔母の杉崎有希子《すぎざきゆきこ》以外には考えられない。

（よせよ、馬鹿なことを考えるのは……）

龍之介は自分をたしなめつつも、抜き足差し足でバスルームのドアに近づいていった。先日二十歳《はたち》の誕生日を迎えたばかりなので、もう子供ではない。のぞきが悪いことくらい、よくわかっている。男らしくない卑劣な行動であり、唾棄《だき》すべき破廉恥《はれんち》な振る舞いに違いない。

しかし……。

すぐ側で叔母が裸になっていると思うと、欲望をこらえきれなかった。

子供のころから憧れの叔母だ。

ほんの少しでいいから、その裸を見てみたい。

おっぱいやお尻の形を眼に焼きつけ、もし可能であるならば、股間を……股間に茂った黒い草むらも拝んでみたい。

（おおおおおーっ！）

龍之介は眼を見開き、胸底《きょうてい》で絶叫した。

叔母は向こう向きに立って頭からシャワーを浴びていた。股間の茂みは見えなかったけれど、衝撃的な光景だった。

まず眼に飛びこんできたのは、白い背中と、丸い尻だ。想像以上に白く輝いている素肌と、水蜜桃をふたつ並べたようなヒップに悩殺され、龍之介は瞬《まばた》きも呼吸もできなくなった。

だが、そんなものはまだ序の口もいいところだった。

髪を洗っていた叔母は、シャンプーの泡を流し終えると、シャワーヘッドをはずして体にお湯をかけはじめた。首筋から胸元、そして下肢へ。素肌にお湯がしたたり、白磁のようにつやつやと輝いていく。

シャワーヘッドから噴射するお湯を股間にあてる段になると、むっちりした太腿《ふともも》が左右に割れ、両脚が縦長の菱形《ひしがた》に開かれた。

（な、なんていやらしい格好をしてるんだ……）

股間を奥まで洗うためには致し方ないのかもしれないが、清楚な美貌をもつ叔母にはいかにも不釣り合いなポーズだった。そんな格好をすると、三十四歳の濃密な色香がむんむんと漂ってくる。

龍之介は二十歳で童貞だった。

その眼に叔母の熟れたボディは、セックスの快感を知っている体に見えた。きっと酸いも甘いも知り尽くしているに違いない。あまつさえ、叔母は未亡人、このいやらしい体に欲求不満を溜めこんで、火照《ほて》った肌をもてあましているのでは……。

ああ、なんと貧困な発想だろう。

哀《かな》しいかな、龍之介はまだ女を知らない童貞なので、そんな月並みで凡庸《ぼんよう》な想念にとらわれてしまうのだ。未亡人だって淫らな欲望とは無縁に、清く正しく生きている女だっているだろう。叔母はきっと、そちらのタイプに違いないのに……。

だから、叔母の次の行動には心の底から仰天させられた。

菱形に開いた両脚の間にシャワーヘッドを向けたまま、胸のふくらみを揉みしだきはじめたのである。噴射するお湯で股間のデリケートゾーンを刺激しては、腰をいやらしくくねらせ、乳房をむぎゅむぎゅと揉んでいる。体が横を向いた瞬間、丸々と迫《せ》りだした乳肉に、細指が食いこんでいるところがしっかり見えた。

嘘だと思った。

眼の前の出来事がとても現実とは思えず、手の甲で瞼《まぶた》をこすってしまった。しかし、どこからどう見ても、いま叔母は自分で自分を慰《なぐさ》めている。つまり、オナニーだ。叔母はオナニーに耽《ふけ》っているのだ。

（叔母さん……）

清楚な美人で、見ているだけで癒《いや》される笑顔をもち、高嶺《たかね》の花という言葉がぴったりな叔母、有希子。

それがいま、人としてもっとも恥ずかしいことを行なっている。

もちろん、人間なのだから、欲望をもてあますこともあれば、自慰をすることだってあるだろう。三十四歳の未亡人ともなればなおさらで、むしろ風呂場でオナニーくらい、成熟した淑女の当然のたしなみなのかもしれない。

だが、童貞の龍之介には、そういったことが頭ではわかっても、心からは理解できなかった。憧れの叔母は憧れのまま、シャワーを浴びるときも、トイレに入っているときだって、清楚なたたずまいを崩してほしくない。

（うおおおおーっ！）

甥っ子の気持ちも知らぬげに、叔母は両膝をガクガク震わせると、もう立っていられないとばかりに四つん這《ば》いになった。シャワーヘッドを床に放りだし、右手を股間に伸ばしていった。むっちりと張りつめた太腿に隠れてよく見えないが、両脚の間にある女の花をいじりはじめたのは間違いなかった。

（やめてくれ……やめてくれ、叔母さん……）

龍之介は胸底で泣き叫びながらも、ごくりと生唾《なまつば》を呑みこんでしまった。

いよいよ本格的なオナニーを開始したことにも衝撃を受けたが、牝犬のようなポーズがいやらしすぎたからである。

四つん這いになったことで、女らしい体型がひときわくっきりと強調された。胸元で揺れる乳房、蜂のようにくびれた腰、そして丸々とふくらんだ尻と蕩《とろ》けるような太腿のハーモニーが、どこまでも悩殺的で龍之介の眼を奪う。

右手の動きに合わせて腰はくねり、尻の双丘は揺れていた。揺れるたびに、プリン、プリン、という音まで聞こえてきそうだった。濡れた黒髪を振り乱し、その間からのぞく赤い唇が半開きになって、ハアハアと息をはずませている。

「くぅうううーっ！」

淫らな声がガラスの向こうからかすかに聞こえ、龍之介は気が遠くなりそうになった。いつもの涼やかな声とは別人のような、獣《けもの》じみた声だった。龍之介の本能はその声に反応し、体の芯がビリビリと痺れた。痛いくらいに勃起したペニスの先端から、熱い粘液を漏《も》らしてしまった。

（いけない……叔母さんのこんな姿を、これ以上見ていてはいけない……）

龍之介はその場から立ち去ろうとした。立ち去って、いま見た一部始終を頭の中からきれいさっぱり消去しようと思った。

しかし、両足は根が生えたようにその場から動かなかった。

全身が金縛《かなしば》りに遭《あ》ったように硬直し、指一本動かすことができない。

叔母は自慰を続けている。

四つん這いの肢体が生々しいピンク色に染まっているのは、シャワーを浴びたせいだけではなく、欲情しているからに違いなかった。腰のくねり方も尻の揺れ方もいやらしくなっていくばかりで、床で熱湯を噴射しながら大蛇のようにのたうちまわっているシャワーヘッドさえ、なんだか淫らなものに見えてくる。

そのとき金縛りがとけ、その場から立ち去ることができれば、まだよかった。大好きな憧れの叔母のことを、軽蔑するまでには至らなかったろう。軽蔑だけはしたくなかった。

だが、次の瞬間、叔母は片足をあげた。

まるで電信柱におしっこをする雄犬のような格好で、ガラスドアに足をかけた。

必然的に股間のすべてが露《あら》わになった。

女の恥部という恥部が、二十歳の童貞の前につまびらかにされてしまった。

（うおおおおおおおーっ！）

龍之介は血走るまなこを見開いた。全身がぶるぶると小刻みに震えだすのを、どうすることもできなかった。

ぱっくりと左右に開いたアーモンドピンクの花びらが、羽ばたく蝶のような格好で赤く充血した内側を見せつけていた。間から、つやつやした薄桃色に輝く粘膜が露出している。龍之介の視力は二・〇だから、薔薇《ばら》の蕾《つぼみ》のように薄桃色の肉ひだが幾重《いくえ》にも重なりあっている様子さえ、しっかりと確認できてしまった。

叔母は外国人が「ファックユー」をするときのように右手の中指を突き立てて、肉の合わせ目を撫《な》でさすっていた。

童貞の龍之介だって、そこに女の性感を司《つかさど》る、急所中の急所が埋まっていることくらい知っている。

「あああっ……」

叔母は唇をわななかせながら、右手の中指をこれ以上ない卑猥な動かし方で動かし、秘密の真珠肉を刺激していた。尺取り虫のような動きで肉の合わせ目をこねまわしては、小刻みなヴァイブレーションを送りこんでいく。ねちねちという音が聞こえてきそうなねちっこいやり方で、女の体の官能器官をいじりたてる。

（バ、バカヤローッ！　叔母さんのバカヤローッ……）

龍之介は顔をくしゃくしゃにして、胸底で絶叫した。目頭が熱くなり、瞼をおろせば熱い涙があふれてきそうだった。しかし、瞼をおろすことはできない。淫らに乱れる叔母から眼が離せない。かわりに股間をぎゅっと握りしめると、痛恨の涙にも似た熱い男汁がどっとあふれ、ブリーフの中がぬるぬるになっていった。

もう限界だった。

ここまで見せつけられれば、こちらも自慰をせずにはいられなかった。

ベルトをはずしてファスナーをさげ、ブリーフごとズボンをおろすと、勃起しきったペニスが唸りをあげて反《そ》り返った。しごかれるのを待ちわびて、普段は白っぽい亀頭が真っ赤に充血していた。

しかし……。

それを握りしめようとした刹那《せつな》、背中で人の気配を感じた。尻を出したまま恐るおそる振り返ると、女がひとり立っていた。

ここ〈H保育園〉の保母さん、武内奈実《たけうちなみ》である。

「……信じられない」

奈実は唇を震わせただけだったが、龍之介はなにを言ったかはっきりわかった。言い終えると踵《きびす》を返し、脱兎《だっと》の勢いで階段を駆けおりていった。

2

龍之介は今年二十歳になったばかりの大学生だ。

生まれも育ちも西日本の田舎《いなか》町で、自宅から通える距離にある地元の大学に入学した。

童貞ということは、彼女いない歴二十年ということになるが、これには理由がふたつある。

ひとつは実家が〈森野道場〉という柔道の町道場を経営しており、硬派な男として育てられたからだ。

一家は柔道八段の祖父を筆頭に、父は六段、ふたりの兄はそれぞれ四段に三段と、尋常ではない猛者《もさ》揃い。そんな環境で育った龍之介も幼いころから柔道の練習に励み、十代のころは時代遅れの蛮《バン》カラを決めこんで、日夜喧嘩に明け暮れていた。弱きを助け強きを挫《くじ》くための喧嘩だったが、そんな男気が女に理解されるはずもなく、モテたためしは一度もない。むしろ、モテようとしている軟派野郎を鼻で笑い、女を寄せつけないほうが格好いいのだとうそぶいていた。

だが、本心では彼女が欲しかった。

田舎とはいえ、いや、娯楽の少ない田舎だからこそなのか、同級生たちはたいてい高校在学中に童貞を捨てていた。早ければ中学時代にセックスの味を知っている者もいて、経験談をよく聞かされた。

そんな中、いくら育ちが育ちとはいえ、むさ苦しい男を相手に喧嘩ばかりしている生活に、いいかげんうんざりしてしまったのだ。道場を継ぐ兄らと違い、龍之介は柔道で身を立てるつもりはなかったし、このままではただの野蛮人になってしまうと、大学進学を機に硬派を捨てることにした。

中身はともかく、せめて外見だけはこざっぱりさせ、人前での喧嘩を極力控えて、彼女ができるよう努力しようと思ったのである。

しかし、女は寄りついてこなかった。

硬派を捨てたら捨てたで、ふたつ目の理由が女にモテる邪魔をした。龍之介は、男としていささか背が低いのである。いや、百六十センチそこそこなので、いささかどころかかなり小柄だ。

柔道や喧嘩では、ナメてかかってくる相手を投げ飛ばし、「柔よく剛を制す」「山《さん》椒《しょう》は小粒でピリリとからい」などと言っておけばよかったが、女が相手ではそんな決め台詞《ぜりふ》も通用しない。

いまどきの若い女はみな発育がいいから、たいてい龍之介より背が高い。そして、自分より背が低い男を好きになる女は稀《まれ》である。一方の龍之介にしても、根が硬派なところは変わらなかったので、できれば自分より背が低く、三歩後ろを歩いてくれるような大和撫子《やまとなでしこ》を彼女にしたかった。

とはいえ、身長百六十センチ以下の女はレアなうえ、彼女たちは龍之介と違って選択肢が広い。男が背が高いぶんにはどこまで高くても問題がないし、なにも喧嘩に明け暮れる十代を過ごし、まともな恋愛スキルもない男を選ぶ必要がない。ゆえにキャンパスの女たちには鼻もひっかけられなかった。喧嘩以外に自慢のひとつもないのだから、当たり前と言えば当たり前のことだったが……。

（まずい……このままじゃ本当にまずいぞ……）

女を知らないままとうとう二十歳の誕生日を迎えてしまった龍之介は、硬派を捨てたことに続き、ある重大な決心をした。

夏休みを使って東京に行くことにしたのである。

童貞を捨てる旅だ。

東京には、なにしろたくさんの人間がいる。必然的に背の低い女の数も多くなるし、その中に田舎ではめったに見当たらなかった背の低い男を好きになってくれる女だっているかもしれない。そしてその子が大和撫子で、龍之介に抱かれてもいいと思わないとも限らない。

なんだかやたらとハードルが高いチャレンジになりそうだが、このまま田舎にいてもジリ貧になるだけだった。百歩譲って、相手は大和撫子でなくてもいい。ステディな彼女になってくれなくても、その場限りのワンナイトスタンドでもいいから、とにかく童貞だけは捨ててしまいたかった。

滞在場所のあてはあった。

東京で保育園を経営している叔母のところに居候《いそうろう》させてもらおうと思った。

童貞を捨てたいという、身をよじるような切実な希望とは別の下心もあった。

龍之介にとって叔母の有希子は、初恋の相手と言っても過言ではない存在だった。

叔母は元もと田舎で保母さんをしていた。

龍之介の頭に残っているもっとも印象的な記憶は、保育園の庭で園児たちを遊ばせている姿だ。小学校に行く通学路の途中にあったので、フリフリのエプロンを着けて、まだ駆け足も覚束《おぼつか》ない子供たちと戯《たわむ》れている叔母の姿を、龍之介は毎日、学校の行き帰りに眺めていた。

当時、二十一、二歳だったろうか。幼 心《おさなごころ》に綺麗な人だな、と思った。綺麗なのに可愛かった。小学生になったばかりの子供が大人をつかまえて言う台詞ではないけれど、そう感じてしまったのだからしかたがない。

龍之介はその年に小学校に入学してしまった運命が悔しくてならず、できることなら自分もその保育園に通って、フリフリのエプロンをしている叔母に遊んでもらいたかった。

叔母はそれからわりとすぐに結婚して上京してしまったので、思い出のほとんどは、保育園の柵の外から指を咥《くわ》えて眺めていたエプロン姿ということになる。

東京で幸せな結婚生活を送っていると風の噂に聞いていたが、四年前、夫を突然の交通事故で亡くしてしまった。

上京して葬儀に参列した両親によれば、叔母の落ちこみようは尋常ではなく、話しかけるのも躊躇《ためら》われるほどだったらしい。

一時は帰郷してくるという噂もあったのだが、結局、亡夫と暮らした家から離れることができず、東京にとどまることになった。夫婦には子供がなかったから、広い家で淋しいひとり暮らしになってしまうのではないかと、親戚一同で心を痛めていた。

その自宅をリフォームし、保育園を始めたという話を耳にしたのは、三年ほど前だろうか。なんでも、亡夫と親友だった都議会議員が開園のために骨を折ってくれたらしい。自宅をリフォームしたので規模はごく小さいものの、数人の保母さんを雇って賑やかな暮らしになったという。

まだ若いのに再婚せず、「貞女、二夫にまみえず」な生き方を実践する叔母に龍之介はいたく感動し、東京に行く機会があったら、ぜひその保育園を表敬訪問したいと思っていた。

そこで、夏休みを東京で過ごそうと決めたとき、まず思いついたのが叔母だった。手紙でひと夏滞在させてくれることを頼み、滞在期間中に働けるアルバイト先があれば紹介してほしいと申しでた。十年以上ほとんど交流がなかったくせに、図々しいにもほどがあるお願いだったが、叔母は居候を快諾してくれただけでなく、こんな嬉しい知らせを届けてくれた。

「アルバイトがしたいなら、うちの保育園で働いてくれないかしら？　夏は保母さんたちが代わるがわるお盆休みをとるから、猫の手も借りたいくらい忙しいの。子供たちの相手は無理でしょうけど、掃除やら洗濯やら買い物やら、雑用もたくさんあるから考えてみて……」

手紙を読んだ龍之介は小躍りし、どうか保育園で働かせてくださいと速達で返事を出した。

いまとなってみれば、それがそもそもの失敗だったと言えなくもない。

叔母が園長を務める〈H保育園〉は、東京都下の市部に位置する、緑の多い住宅街の中にあった。

田舎から上京してきた龍之介は最初、最寄りの駅に降りて啞然とした。

東京にもこんなのどかな場所があるものなのかと驚いてしまった。

駅前は閑散としていて、人の洪水になっているスクランブル交差点もなければ、上京したら食べ歩こうと思っていたファストフード店も見当たらない。人が多ければ出会いも多く、理想の彼女に巡り会えるのではないかと考えていた龍之介は、すっかり落胆してしまった。

ただ、再会した叔母は、記憶を裏切ることなく綺麗だった。

三十四歳になっても清楚な美貌は変わらず、年齢相応に落ち着いた雰囲気が出て、そして笑顔になるとやはり、たまらなく可愛らしかった。そんな叔母とひとつ屋根の下でふた月近くも暮らせるなんて、夢のようだと思ってしまった。

実際に、叔母は綺麗なだけではなくやさしくて、手料理はとてもおいしく、毎日が春の日だまりのような幸福感に満ちていた。

とはいえ、上京してからひと月が過ぎると、じわじわと後悔がこみあげてきたのも、また事実だった。

せめてアルバイト先は〈H保育園〉ではなく、渋谷や新宿のファストフード店にでもすればよかった。

一日中保育園にいては出会いがないからだ。

龍之介が夏の間中故郷を離れ、東京で暮らすことにしたそもそもの目的は、童貞を捨てることであり、叔母の側で生活することではなかった。あくまで人の多い東京で理想の女と出会うことが、第一の目的だったのだ。

しかし、保育園で知りあった女といえば、せいぜいそこで働いている保母さんたちくらい。

シフト制で三人の保母さんが出入りしており、だいたい龍之介と同じような背丈で、中にはかつての叔母を彷彿《ほうふつ》とさせるエプロンの似合う保母さんもいたけれど、いちばん若くて二十七歳。他は全員、三十代だった。大学生の龍之介にとって恋愛対象からはずれている。龍之介が童貞喪失の相手にしたいのは同い年か、できれば年下なのである。

（うーん、まいった。これじゃあ東京に来た意味がまったくなくなっちまう……）

雑用とはいえ保育園での仕事はそれなりに忙しく、アルバイトのかけもちはできそうになかった。盛り場に出てナンパするにしても、どこに行っていいかわからないし、そもそもナンパなんてしたことがない。

焦燥感だけが募《つの》りゆく中、龍之介はいつしか、ひとつ屋根の下で暮らす叔母の女の匂いばかり追いかけまわすようになっていた。

もちろん、相手は叔母である。いくら初恋の相手だからといって、現実的になにかを期待していたわけではない。

それでも一緒に暮らしていれば、スカートの裾《すそ》がめくれてむっちりした太腿を拝んでしまうことだってあった。すれ違いざまに甘ったるい汗の匂いを嗅いだり、食事のときにおかずを分けてもらって間接キスになったり、あるいはランドリーボックスの中に使用済みの下着を発見してしまって欲望を揺さぶられるようなシーンが、毎日のように訪れるのである。

それが出会いを得られない焦燥感と結びついて、おかしな感情を生みだしてしまったらしい。

そうとでも考えなければ、自分でも不可解だった。

いくらチャンスに出くわしたからといって、龍之介は叔母の入っているバスルームをのぞくような、そんな卑劣な男ではなかったのである。

3

(まずい……まずいぞ……)

龍之介はあわててズボンとブリーフを引っ張りあげた。途中でペニスをファスナーに挟んでしまいそうになって心臓が縮みあがったが、そんなことにかまっている場合ではなかった。

大変なところを見られてしまった。

なにしろバスルームをのぞきながら勃起しきったペニスをしごこうとしていたのだから、ほとんど犯罪現場を目撃されてしまったも同然だろう。

見られた相手は、武内奈実という保母さんだった。

〈H保育園〉の保母さんの中でいちばん若い二十七歳で、園長の叔母を例外とすれば、見た目もいちばんと言っていいだろう。

とびきりの美人というわけではないけれど、丸顔にやや垂れた大きな眼、サクランボのように赤い唇とふっくらしたほっぺたが特徴の顔はチャーミングだ。くるくると表情がよく変わり、中でもはじけるような笑顔と、母性あふれる眉根を寄せた心配顔が出色で、園児たちに大変人気がある。顔は可愛いのに服の上からでもはっきりわかる巨乳なのも、母性を感じさせる要因なのかもしれない。

（奈実さん、まじめそうだからな……絶対、叔母さんに告げ口されるぞ……告げ口されたら、ここにいられなくなるぞ……）

それどころか、叔母から実家に報告が行けば、男らしさを信条とする柔道一家が怒髪天を衝《つ》く怒りに駆られることは想像に難くない。童貞喪失どころか、家にも帰れなくなってしまう。

とにかく謝って、奈実にいま見たことを忘れてもらうしかないと、階段を駆けおりて一階に向かった。

叔母の家は庭付きの広い一戸建てで、二階を住居に、一階をリフォームして保育園にしていた。二十畳ほどのフローリングの部屋に室内遊具が並んだ遊戯室は、二階の住居部分とはがらりと印象が違う。ドイツ製だという遊具はデザインもユニークなら色もカラフルで、登り網やトンネルや滑り台など、室内にフィールドアスレチックを再現したような遊び心に満ちていた。

奈実は遊戯室で背中を向けて立ちすくんでいた。

身長は龍之介よりやや高く、百六十二、三センチ。

白いニットに花柄のスカート、ピンクのひらひらしたエプロンは仕事中の格好と変わらなかった。しかし、スカートの裾と白い靴下に泥がついている。園児たちはもうとっくに帰って誰もいないから彼女も帰ったと思っていたのだが、庭で草むしりでもしていたらしい。

「あのう……」

恐るおそる声をかけると、奈実は振り返った。まなじりを決し、唇を真一文字に引き締めた、怖い顔をしていた。よく見ると、エプロンの下で豊満な乳房が震えていた。怒りに震えているのだろうか。あるいはおぞましい光景を眼にしてしまったショックからだろうか。いずれにしろ尋常ではない雰囲気が漂っている。

「す、すいません……本当に申し訳ないんですが……い、いま見たこと……忘れてもらえませんでしょうか？」

龍之介がおずおずと言葉を継ぐと、

「はあ？」

奈実の眼が吊りあがった。

「忘れられるわけないでしょう。あなた、オナニーしてたのよ、オナニー。園長先生がお風呂入ってるところをのぞきながら」

「いや、あの……」

龍之介は二重の意味でたじろいでしまった。ひとつは奈実が怒ったところなど初めて見たからである。奈実はどんないたずら小僧を相手にしていても、決して怒らない人だったはずだ。園児にマジックで眉毛を繋げられても、「こら、ダメよう」とニコニコ笑っていたのを見たことがある。

さらには、そんな母性に満ちた保母さんの口から飛びだした「オナニー」という卑猥な言葉である。二十七歳にもなればオナニーという言葉や行為を知らないわけがないが、そんなにはっきり口にしなくてもいいのに、と思ってしまう。

「だいたいあなたね……」

奈実は頬をふくらませて遊戯室の中をうろうろしはじめた。

「来たときから、変な男だと思ってたのよ。いつもいつも、園長先生の胸やお尻ばっかり見てるでしょう？　見て鼻の下伸ばしてるでしょう？　ホントに最低。いくらお盆の忙しい時期だからって、なにもあなたみたいな男を雇わなくても……」

立ちどまって龍之介を睨んだ。

「とにかく、あなたみたいな破廉恥な男はこの保育園に必要ないから。園長先生がお風呂から出てきたら、いま見たことを全部話して、あなたにはここのアルバイトを辞めてもらいます」

顔立ちが可愛いから、怒っている表情にプンプンと擬音をつけたくなるような雰囲気だった。しかし、いまの龍之介には、そんなことを言っている余裕はない。自分の犯した罪の大きさに、戦慄を覚えずにはいられなかった。

「勘弁してくださいっ！」

その場に土下座した。

「ほんの出来心だったんです。のぞきをしようと思ってしたわけじゃないんです。バスルームのドアが開いてたから、つい……」

「なにが、ついよ」

奈実はサクランボのような唇を尖《とが》らせた。

「ホントは自分で開けたんでしょ？　ついでに園長先生の下着なんかも盗んだんじゃないの？」

「そ、そんなわけないじゃないですか……」

理不尽な言いがかりに、龍之介はカチンときた。

「なんていうか、奈実さんってあんがい意地悪なんですね。いつも園児の悪戯《いたずら》はニコニコ笑って許してるくせに、そんなに怒るなんて……大の男がこうやって両手をついて謝ってるんですよ。恥も外聞もうっちゃって土下座してるんですよ。武士の情けで勘弁してくれたっていいじゃないですか」

吐き捨てるように言い終えてから、しまったと思った。余計なことを言うべきではなかった。奈実の顔からサーッと血の気が引いていくのがわかった。

「……わたし、べつに武士じゃないし」

奈実は震える声を絞りだすようにして言った。

「ただの保母だし……園内でオナニーするような破廉恥男に、かける情けなんて持ちあわせてないし……出ていってもらうだけだし……」

ツカツカと階段に向かって歩きだした。

「待ってくださいっ！」

龍之介はあわてて追いかけ、いきおい奈実の両脚に飛びついた。柔道で言うところの双手《もろて》刈《が》りのような格好で、逃げていく相手の脚にすがりついたので、奈実は両手を突きだして向こう側に倒れた。

「きゃあああーっ！」

そこに園児を遊ばせるためのマットが敷いてなければ、奈実の可愛い顔はフローリングの床にぶつかり、鼻血まみれになっていただろう。

マットのおかげで惨事には至らなかったものの、勢いよく倒れたせいで花柄のスカートがめくれあがった。それはもう、見事なめくれ方だった。プリンと丸みを帯びたヒップを包んでいる白い生地に、イチゴの模様がちりばめられたパンティが、丸見えになった。

「いやあああーっ！」

奈実はあわててスカートを直したが、時すでに遅し。龍之介の眼にはしっかりとイチゴ模様のパンティが焼きついていた。

「……す、すいません」

「すいませんじゃないわよ……」

奈実のふっくらした頬はみるみる真っ赤に染まりきり、ピクピクと痙攣《けいれん》しはじめた。もちろん、怒りもあるのだろう。恥ずかしさもあるだろう。しかし、彼女がいちばん衝撃を受けているのは、単にパンティを見られた恥ずかしさというより、穿《は》いていたパンティの種類についてのようだった。

龍之介はまたもや失敗してしまったのだ。

嘘がつけない性格なので、スカートの中身が見えた瞬間、いい年してイチゴのパンツかよ、という顔をしてしまったのである。可愛い顔をしていても奈実は二十七歳。イチゴ模様はいささか子供じみている。

「……離して」

奈実は地を這うような低い声で言った。

「許してくれるんですか？」

龍之介は奈実の両脚にしがみついたまま、上目遣《うわめづか》いに訊ねた。

「許すわけないでしょ。のぞきにオナニー、そのうえスカートめくりなのよ。こんな狼藉《ろうぜき》を働いておいて、許されると思ってるの？　園長先生に頼んで、あなたの実家の両親にも報告してもらいます」

　奈実は脚を離せとジタバタしたが、離すわけにはいかなかった。このままでは本当に、ここを追いだされたうえに、田舎にも帰れなくなってしまう。

「お願いしますっ！」

　龍之介は奈実の両脚を抱きしめて涙ながらに哀願した。

「お願いですから、今回だけは見逃してください」

「絶対にいや」

「意地悪言わないでくださいよ」

「意地悪じゃなくて、事実を園長先生に報告するだけです」

「それが意地悪だっていうんですよ」

「どこがっ！　いいから離してっ！」

　奈実はいよいよ鬼の形相になり、脚にしがみついて離れない龍之介の頭をビシビシ叩きだした。

「ああっ、いくらぶってもいいから許してっ！」

「なんなのよ、もう。あなたマゾなの」

「違います。違いますけど……」

　こうなったら、最後の切り札を出すしかなかった。

「ねえ、奈実さん。許してくれるなら、奈実さんの言うことなんでもききますから。どんなことでも、やれっていうならしますから……」

「……なんですって？」

身をよじっていた奈実の動きが、ピタリととまった。

「言うことを？　なんでもきく？」

「は、はいっ！」

龍之介は餌を見せられて尻尾を振る仔犬のようにうなずいた。

「なんでも……なんでもさせていただきます……」

「本当に？　どんなことでも？」

奈実に意味ありげな眼つきで見つめられ、龍之介の背筋はゾクッと震えた。なんだか途轍《とてつ》もないことを命令されそうだったけれど、もはや後には引けない。他には助かる術《すべ》がなさそうだから、しかたがない。

「はい……許してもらえるなら、なんだって……」

ふたりの間を重い沈黙が流れていく。庭から聞こえてくるカナカナというひぐらしの鳴き声が、やけにうるさく耳に届く。

「どうしよっかなあ……」

奈実が大きな黒眼をくるりとまわした瞬間、思ってもみないことが起こった。

トントントン……と二階から階段をおりてくる足音が聞こえてきたのだ。

4

涼やかな水色のワンピースに身を包んだ叔母が、シャンプーの残り香を漂わせながら一階の遊戯室に入ってきた。

「あら、奈実さん、まだいたの？」

「あ、はい……もう帰りますけど……」

奈実は所在のない表情で立ちすくんでいた。龍之介はその隣で、直立不動で気をつけをしている。

叔母の足音が聞こえてきた瞬間、ふたりは同時に立ちあがり、示しあわせたように何事もなかった顔を繕《つくろ》ったのである。奈実の意図は不明だったが、龍之介はひとまず助かった格好だ。

「なにか仕事が残ってたのかしら？」

叔母が奈実に訊ね、

「ええ、ちょっと庭の草むしりを……彼に手伝ってもらって」

奈実は龍之介を一瞥《いちべつ》して答えた。

「あら、そう。ご苦労さま」

叔母は柔和な笑顔で奈実に礼を言ってから、龍之介に眼を向けた。

「わたし、ちょっとスーパーまで行ってくるわね。今日は自分の買い物もあるから、夕食の材料、わたしが買ってくる」

「そ、そうですか……」

龍之介はひきつった顔で答えた。叔母の顔が妙にすっきりし、肌がつやつやしているのが気になった。もしかしてバスルームでオナニーをしたせいなのだろうかと思うと全身がざわめいたが、いまはそれどころではない。

(奈実さん、許して……告げ口しないで……)

祈るような気持ちで、奈実の横顔を見る。息を呑んで、いまにもなにか言いだしそうな顔をしている。龍之介の背中に冷たい汗が流れていく。

だが奈実は、

「それじゃあ、お留守番よろしくね」

と叔母が買い物に出ていくまで、結局なにも言わなかった。

玄関扉が閉まる音がすると、龍之介はふうっと安堵の溜息をもらし、

「……ありがとうございました」

奈実に深々と頭をさげた。

「許していただいて、本当に……」

「べつに許したつもりはないけど」

奈実は冷ややかな声で言った。

「えっ……」

顔をあげた龍之介は、心臓が縮みあがりそうになった。

奈実が笑っていたからだ。悪戯をした園児を許す天使の笑みではなく、口の端だけを歪《ゆが》めた邪悪な笑みである。悪魔の笑みと呼んでも差し支えがないくらい、笑っているのに戦慄を呼ぶ表情だった。

「だって、あなた、まだなにもしてくれてないじゃない？」

奈実はゆっくりと遊戯室の中を歩きだした。

「なんでも言うことをきいてくれるんでしょう？　許してあげるのはそれからよ。さーて、なにしてもらおうかしら……」

園児用の登り網や滑り台を触りながら、思案を巡らせるように視線を泳がせる。

龍之介は息を呑んで、奈実の次の言葉を待った。一秒ごとに心臓の音が大きくなっていき、胸が破れてしまいそうだった。

「わたしね……」

奈実が立ちどまって言った。

「一度でいいから見てみたかったものがあるんだけど」

「……なんでしょうか？」

龍之介が上目遣いで恐るおそる訊ねると、

「さっきの続きを見せて」

奈実は歌うように言った。

「さっきの続き……とは？」

「オナニーよ。わたし、一度でいいから男の人がオナニーしてるところ、じっくり見てみたかったのよ」

「そ、そんな……」

龍之介は苦笑したが、頬がひきつってうまく笑えない。

「冗談ですよね？」

「ううん、本気。いやならべつにいいんだけど……」

奈実がそっぽを向き、気まずい沈黙が訪れた。

(いったい、なにを考えてるんだ……)

龍之介は心の底から震えあがっていた。童貞の身空では、男のオナニーが見たいという女の気持ちなどわからない。あるいは見たいのではなく、ただ辱《はずかし》めたいだけなのだろうか。たしかに、男にとってこれ以上の恥辱はない。自分で自分のイチモツをしごいているところを見せるなんて、想像しただけで身の毛がよだつ。

とはいえ……。

断ることはできそうになかった。断れば、バスルームをのぞいていたことを叔母に告げ口されてしまうのだ。

ただのぞいてしまっただけなら、もしかすると、やさしい叔母は許してくれるかもしれなかった。「若い男の子だから気持ちはわかるけど、もう二度としちゃダメよ」とやさしく叱られるだけですんだかもしれない。

しかし、叔母はシャワーで汗を流していただけではなく、オナニーをしていたのである。四つん這いになって股間をいじりまわしていたあさましい姿を甥っ子にのぞかれたとなれば、どんなやさしい女だって狼狽《うろた》えるだろう。狼狽えるあまり憤怒を露わにし、卑劣なのぞき行為を糾弾《きゅうだん》せずにはいられないだろう。

「さあ、どうするの？」

キッと眼を吊りあげた奈実に睨まれ、

「……やりますよ」

龍之介はおずおずとベルトをはずしだした。やさしい保母さんと思っていた彼女がまさかこれほどまでに、血も涙もない女だとは思わなかった。可愛い顔をして中身は悪魔だ。

「やればいいんでしょ……やれば……」

「そうね、せっかくだから全裸でやって」

「なっ……全裸って……わかりましたよ」

居直った口調で言いながらも、龍之介は体の芯がゾクゾクと震えるのを感じた。羞恥のためではなかった。いや、もちろん死ぬほどの恥ずかしさも感じているのだが、同時に言いようのない興奮も覚えていた。

キッと眼を吊りあげた奈実の視線に、素肌を焦《こ》がされる感じだ。シャツを脱ぎながら、そういえば異性の前で全裸になるのは初めてだと思った。先ほど偶然ちょっとだけ見られてしまったけれど、もちろん勃起したペニスをさらすのだって生まれて初めてである。

（やめろ……勃《た》つな……勃たないでくれ……）

持ち主の願いも虚しく、ズボンとブリーフを一緒にさげるや、イチモツは勢いよく反り返り、湿った音をたてて臍《へそ》を叩いた。いったん萎《な》えていたはずなのに、女の視線を感じたせいで、恥ずかしいくらい太々と勃起しきっている。

「やだ、すごい……」

奈実は眼を丸くして全裸になった龍之介に近づいてくると、腰を屈めて男根をしげしげと眺めた。

「ねえ、どうしてこんなにビクビクしちゃってるの？　ってゆーか、なんで脱いだだけで勃起してるわけ？」

「ううう……」

龍之介は唇を噛《か》みしめて、背中を丸めた。情けない姿だった。田舎で蛮カラを気取っていたときには、まさか将来、こんな窮地に追いこまれることがあるとは夢にも思っていなかった。

しかし、現実は現実である。この過酷な時間を一刻も早く終わらせるためには、さっさと始めて、さっさと終わらせてしまう以外に方法はない。

龍之介は意を決して右手をペニスに伸ばした。

「おおおっ……」

ぎゅっとペニスを握りしめると声が出てしまい、あわてて歯を食いしばった。自分のものとは思えないくらい野太く勃起した男根は、いつもよりずっと敏感になっていた。握りしめただけで、目頭が熱くなったほどだ。

（見てろ……見てろよ……）

龍之介は涙目で奈実を睨みながら、イチモツをしごきはじめた。痺れるような快美感がペニスの芯から体の芯へと伝わってきて、身をよじってしまう。泣きたい気分にもかかわらず、自分の顔がみるみる鬼の形相になっていくのを感じる。

シコシコ、シコシコとしごくほどに、眼もくらむほどの愉悦《ゆえつ》が訪れ、鬼の形相をしていないと、だらしない顔になってしまいそうだったからだ。自慰を披露させられる辱めを受けているのに、白眼を剝《む》き、口を開いた間抜けな顔で射精に達するのだけは、どうしても避けたかった。

「いやーん、なんか出てきた……」

奈実がペニスの先端を見つめて言う。熱い我慢汁があふれ出し、皮に入りこんで、ニチャニチャと恥ずかしい音をたてている。

しかし、それが気にならないほど、龍之介は自慰に没頭していた。

奈実は中身は悪魔だけれど、容姿は充分に可愛らしい保母さんだった。その彼女が眼をキラキラさせて、おのが男根に熱い視線を注ぎこんでいるのである。奈実の視線を意識するほどに、興奮がこみあげてきた。恥ずかしさと裏腹の、痛烈な刺激がどこまでも強まっていった。手筒を一往復させるたびに、身をよじらずにはいられず、普段ひとりで行なっているときより何倍も激しい快感が五体を揺るがせる。

(ああっ、出そうだっ……もう出ちゃいそうだっ……)

握りしめた肉の棒がどこまでも硬くなり、芯がむず痒《がゆ》く疼《うず》きはじめた。真っ赤に充血した亀頭の先からあふれた我慢汁が、ツツーッと糸を引いて床に垂れていく。

「ねえ、もう出そう？」

奈実が無邪気な顔で訊ねてきた。

「ううっ……は、はい……」

龍之介は首に何本も筋を浮かべながらうなずいた。あと三こすりもすれば、マグマの噴射のように、煮えたぎる白濁液が飛び散るだろうと思った。遊戯室の床を汚してしまいそうだったが、それでも吐きださずにはいられない。

「おおおっ……出るっ……もう出ちゃうっ……」

しかし次の瞬間、

「ダメよっ！　まだ出しちゃ」

奈実に手首をつかまれ、右手をペニスから引きはがされた。

「な、なにをっ……なにをするんですかっ！」

龍之介は驚いて声を荒げた。泣き笑いのような顔で奈実を見て、地団駄を踏んだ。射精まであと一歩だったイチモツは、寸前で刺激を失い、臍を叩く勢いで反り返ったまま、釣りあげられたばかりの魚のようにビクビクと跳ねている。

「あなたね、これはお仕置きなのよ」

奈実は園児を叱るときの、メッという顔で睨んできた。

「お仕置き？　のぞきのお仕置きですか？　だから出させてくれないんですか？」

「のぞきだけじゃないわ」

「えっ……」

「あなたには、わたしのパンツを見た罪もあるでしょう？　しかもよりによって、変なパンツを穿いてるときに……」

イチゴのパンツを見られた怨みをまだ忘れていないようだった。

「そうだ」

奈実はニヤリと邪悪な笑みをこぼすと、

「ちょっと待ってなさい。あなたにも恥ずかしいパンツ穿かせてあげるから」

イチモツをいきり勃たせたまま呆然《ぼうぜん》と立ちすくんでいる龍之介をその場に残して、遊戯室の奥にある納戸《なんど》に小走りで駆けていった。

5

「お待たせ。さあ、これを穿いて」

遊戯室に戻ってきた奈実は、紙オムツを手にしていた。

「子供用だけど、特大サイズだから大丈夫でしょう。あなた、小柄だし」

「じょ、冗談はやめてくださいよ……」

龍之介は憮然として唇を震わせた。

「どうして僕が……オ、オムツなんて……」

「だ・か・ら、これはお仕置きだって言ってるじゃないの。自分で穿けないなら、わたしが穿かせてあげましょうか」

奈実はどこまでも真顔で、龍之介をマットの上に押し倒した。

「や、やめてください……」

「いいから、おとなしくするの。ほーら、脚を開いて」

「あああーっ！」

仰向《あおむ》けの体勢で両脚をひろげられ、龍之介は悲鳴をあげてしまった。赤ちゃんがオムツを替えられるときそのままの格好で、勃起しきったペニスはもちろん、お尻の穴まで見られてしまう。恥ずかしさに顔から火が出そうになる。

「ふふふっ、いい格好よ」

奈実は舐《な》めるような視線をペニスから玉袋、アヌスにまで這わせながら、ニヤニヤと笑った。容姿はエプロン姿も可愛らしい保母さんなのに、眼つきだけはサディスティックに脂《あぶら》ぎり、ＡＶに出てくる痴女そのものだ。

（まさか……まさか奈実さんがこんなドＳだったなんて……）

啞然とする龍之介の下半身に、奈実はオムツを装着した。子供用のオムツなど穿けるわけないだろうと思ったが、できた。かなり窮屈だったが、ゴワゴワした紙オムツに硬く勃起したペニスを無理やり押しこめられてしまった。

「ほーら、体を起こしてごらんなさい」

奈実に背中を押されて、龍之介は上体を起こした。そうなるように奈実は計算していたのだろう。眼の前には鏡があった。

「あああっ……」

龍之介は、オムツをした自分の姿を見て泣きそうになった。先ほどオナニーをさせられたときもあまりの情けなさに涙ぐみそうになったが、今度はそれ以上だった。二十年間生きてきて最大のみじめさを、間違いなくいま感じていた。

しかし、みじめさと同時に興奮していることも、また事実だった。

射精寸前だったペニスを窮屈なオムツに閉じこめられ、息ができないくらい苦しいのだが、ペニスはオムツの中でさらに硬くなっていく。ただ座っているだけで、ハアハアと息があがってしまう。

奈実はそれを見透《みす》かしたように、

「こんな格好させられてるのに、まだ勃起してるの？」

股間に手指を伸ばしてくると、オムツの上から肉竿《にくざお》をすうっと撫でた。

「おおおおおーっ！」

龍之介はだらしない悲鳴をあげてガクガク、ブルブルと全身を震わせた。鏡に映った顔が、みるみる茹《ゆ》で蛸《だこ》のように赤く染まっていった。

ゴワついた紙オムツの上から撫でられただけで大仰《おおぎょう》すぎる反応だと、自分でも思った。

しかし、初めてだったのだ。股間を異性にまさぐられたことなど、二十年間生きてきて初めての体験だったのである。

「やだあ、オムツの上からなのに、気持ちいいわけ？」

奈実はドSの本性を露わにして、さらに股間を撫でまわしてきた。すりっ、すりっ、と触るか触らないかのフェザータッチで、もっこり隆起した紙オムツをもてあそぶように刺激してくる。

「あああっ……あああっ……」

龍之介は身をよじって悶絶した。触られれば触られるほど、ペニスはオムツの中で大きくなっていく。まるで拷問だった。眩暈《めまい》を誘うほど息が苦しい。

「やだ、もう。女みたいな声出さないでよ」

奈実は口許《くちもと》に淫靡《いんび》な笑みをもらし、

「ふふっ、でも、女みたいな声出すってことは、ここも感じちゃうのかな？」

空いているほうの手を、龍之介の胸に伸ばしてきた。乳首に爪を立て、コチョコチョとくすぐりはじめた。

「ああっ、やめてっ……やめてくださいっ……」

龍之介は驚いて身をよじったが、

「やめてもいいの？」

オムツ越しにぎゅうっとペニスを握りしめられ、動けなくなった。背筋を伸びあがらせた状態で、全身をこわばらせた。

「ねえ、やめちゃってても本当にいいのかな？」

奈実はオムツ越しにペニスを握ったまま、しごきはじめた。もちろん、ゴワゴワした紙オムツが邪魔をして、ぎこちなくしかしごけない。しかしそれでも、刺激には違いなかった。再び射精への道が開かれ、体中の血が興奮に沸騰していく。

「ああっ……あああっ……」

声をあげ、マットの上で尻をバウンドさせた。あまりにあさましい姿が鏡に映っていたが、かまっていられなかった。どれほどみじめな思いをさせられようと、射精への欲望がそれに勝った。一刻も早く煮えたぎる男の精を吐きだしたくて、いても立ってもいられなくなってくる。

「ねえ、出そう？　もう出ちゃいそう？」

奈実が瞳をキラキラさせて訊ねてきた。

「ううっ……うううっ……」

龍之介がうなずくと、奈実は意地悪く、股間をまさぐる刺激を軽くした。その代わりとばかりに、乳首を舐めてきた。米粒状に突起した男の乳首を、唾液のしたたるピンク色の舌でねろねろと転がした。

「ああぁっ……おおおおっ……」

龍之介は頭の中が真っ白になっていくのを感じた。乳首に襲いかかってきた生温《なまぬる》い刺激が、体の芯まで染みこんできて、全身を小刻みに震わせる。

「思いませんでした……思いませんでしたよ……」

激しい興奮のあまり、思いの丈《たけ》を早口でまくしたてた。

「まさか奈実さんが、こんなにドSだったなんて、思ってもみませんでした……」

「わたしもね、自分で自分に驚いてる……」

奈実は悪戯っぽく自分の唇を舐めた。細めた眼つきが尋常ではなく卑猥だった。

「まさか自分がこんなにSだったなんてね、夢にも思ってなかった。でも、男の子をいじめるのって面白い」

「い、いじめないでください……」

「あなたはいじめられて悦《よろこ》んでるじゃないのよ」

乳首をチューーッと吸いたてられ、

「おおおおっ……」

龍之介はたまらず眼をつぶった。乳首を吸いだされる刺激に瞼の裏で火花が散り、眼尻に歓喜の熱い涙が流れていく。口から嗚咽《おえつ》がもれそうになる。

ショックだった。柔道一家に生まれ、喧嘩に明け暮れて育った龍之介は、人を泣かせても、泣かされたことなどなかったからだ。

「ううう っ……もうやめて……やめてください……」

「やだ、もう。泣くことないじゃない」

奈実が失笑を浴びせてくる。と同時に、股間をまさぐる刺激が、再び強くなった。カサカサッ、カサカサッと乾いた音をたてて、紙オムツ越しに勃起しきったペニスをしごかれる。

「おおおおっ……あああああっ……」

「どう？　気持ちいいの？　泣くほど気持ちいいの？」

「ああっ、いいですっ……気持ちいいですっ……」

龍之介は涙に潤んだ眼ですがるように奈実を見た。

「出させてっ……ああっ、お願いだから、もう出させてっ……」

「じゃあ、バブーって言ってごらん」

「はい？」

「赤ちゃんみたいに、バブーって言いながら射精してごらん」

奈実の指先が、口の中に入ってきた。口内を掻《か》きまわすように動き、舌をひらひらと泳がされた。

おしゃぶりのつもりだろうか？

いったいどこまで人を貶《おとし》めれば気がすむのかと思ったが、龍之介は指を吐きだすことができなかった。

気持ちよかったからだ。

口の中に指を突っこまれることがなぜこれほど気持ちいいのかわからなかったが、あまりの快感に熱い涙があふれそうになる。

気がつけばしゃぶっていた。

赤ん坊のように一心不乱に、女の細指をしゃぶりまわしていた。

「ほーら、ほーら。バブーって言いなさい」

奈実は口内をまさぐりながら乳首を吸い、オムツ越しにペニスをしごいてくる。すべての愛撫が刻一刻と熱っぽくなり、したたかに射精欲を煽《あお》りたてる。

「バブーって言わないとやめちゃうよ。いいの？　出させてあげなくても」

「うんぐっ……ぐぐぐっ……」

龍之介は奈実の指をしゃぶりながら、普通なら絶対に固辞したであろう赤ちゃん言葉が、喉元まで迫りあがってくるのを感じた。

（いいのか俺……そこまでの醜態をさらしちまって、本当に……）

そんな想念が頭をよぎっても、こみあげる射精欲には抗《あらが》いきれない。たまらなくイキたい。どうにも精を吐きだしたくてしかたがない。

「どうしたのよ？　本当にやめちゃうよ」

股間のイチモツをしごく奈実の力が弱まった瞬間、龍之介は敗北した。

「バ、バブー……」

男としてのプライドが、音をたてて崩れた瞬間だった。一度口にしてしまうと、もうダメだった。それ以外の言葉を発することができなくなった。「早くイカせて」も「お願いします」も「もっと強く」も、すべてが「バブー」になり、赤ん坊のようにおねだりを繰り返す。

「バブーッ……バブーッ……バブウウウーッ！」

言いながらくねくねと身をよじり、涙目になって射精をねだる。

「ふふふっ、まったくいやらしい赤ちゃんね」

奈実は満足げに微笑むと、ペニスをしごく力をにわかに強めた。身をよじるような快感に、龍之介の口からだらしない声がもれる。

「おおおおっ……」

「ふふふっ、本当はオムツをとってしごいてあげたいけど……ううん、舐めてあげてもいいんだけど、これはお仕置きですからね。このまま出しなさい。オムツの中で射精しなさい……」

ぎゅうっとペニスを握りしめられ、一気にこすりあげられる。

「バ、バブウウウウーッ！」

龍之介は声をあげて、煮えたぎる男の精を放出した。下半身でなにかが爆発したようだった。ドクンッ、ドクンッと欲望のエキスを吐きだすたびに、マットから尻が跳ねあがり、オムツの中が生温くなっていった。

「ほーら、出して……もっと出して……」

奈実がしつこく股間を刺激してきたので、

「おおおおおっ……」

龍之介は上体を起こしていられなくなり、仰向けに倒れて射精を続けた。

オムツのゴワゴワ感のせいで脚を閉じることができず、赤ん坊のように両脚をひろげたまま、身をよじって射精を続けた。

たまらない快感だった。

もはや言う必要もないのに「バブー、バブー」と声をあげながら、眼尻を歓喜の涙に濡らし、体中を小刻みに痙攣させて、長々と男の精を放ちつづけた。

第二章　叔母さんじゃいや？

1

（死にたい……）

ここ数日、何度その言葉を胸底でつぶやいただろうか。

掃除をしていても、洗濯していても、庭の草むしりをしていても、龍之介の頭からは一時《いっとき》も自分の醜態が離れなかった。オムツをされて射精に追いこまれ、あまつさえ赤ちゃん言葉さえ口にしながら快楽にのたうちまわらされた恥辱に、生きる気力を根こそぎにされてしまった。

（俺みたいなオムツ野郎、死んだほうがマシだよ、まったく……）

オムツの中で射精を果たしたあと、放心状態で動けなかった龍之介に、奈実は言った。

「あなたってホントに最低な男ね。そんな格好で気持ちよさそうに射精して、完全に変態じゃない」

「ううっ……すいません……」

龍之介は謝った。よく考えてみれば、変態プレイを強要してきたのは奈実だったのだが、謝ることしかできなかった。

「とにかく、これに懲《こ》りたら二度とのぞきなんてしないこと。わたしがイチゴのパンツを穿いてたことも忘れること。いいわね？」

「……は、はい」

龍之介がうなずくと、奈実は勝ち誇った顔で遊戯室から出ていった。自分が与えたお仕置きに満足したらしく、のぞきの件を叔母に告げ口することは思いとどまってくれたようだが、いまになってみればどちらがよかったかわからない。いっそ叔母にのぞきを糾弾されたほうが、まだマシだったと思えなくもない。

男のプライドはズタズタだった。

翌日から、なるべく奈実を避けてコソコソと動きまわるようになった。彼女の姿がチラリとでも眼に入ると、鼓動が乱れた。相手は可愛い保母さんなのに、蛇に見込まれた蛙になった。ドSな奈実が時折ニヤリと邪悪な笑みを送ってきたりすると、泣きじゃくりたくなるほど、心にがっちりとトラウマを食いこまされてしまった。

だが……。

その一方で、奈実から与えられた体験に、心のいちばん柔らかい部分をチクチクと刺激しつづけられたことも、また事実だった。オムツの中で果たした射精は、思いだすだけで身をよじりたくなるような屈辱であると同時に、生まれて初めて味わった女性との性的な体験でもあるからだ。曲がりなりにも女の手によって放出に導かれたことに、いまだに欲望を揺さぶられていた。

暗く、後ろめたい欲望だった。

夜、布団に入ると、オムツの上から勃起しきったペニスをしごかれたことばかりを思いだし、気がつけばオナニーをしていた。

奈実の邪悪な笑顔を思いだすだけで、すぐに射精に至った。

ピンク色の舌で乳首を舐められたことや、口の中に指を突っこまれたことや、なによりも、窮屈なオムツの中でペニスが爆発し、生温かい粘液がじわっとひろがっていった感触を思いだすと、何度でもオナニーせずにはいられなかった。

(最低だ……俺はホントに最低だ……)

男のプライドをズタズタにされたうえ、そのシーンを思いだしてはオナニーばかりしていることへの自己嫌悪で、頭がおかしくなってしまいそうだった。

しかも、体は体で恐ろしい変化があった。

いくら自分で自分のものをしごいても、以前のようには満たされなくなってしまったのだ。

理由は明らかだった。

オナニーよりも痛烈な射精感を知ってしまったからであり、射精すればするほど、再び奈実にお仕置きをしてもらいたいという欲望が切実にこみあげてきた。ひとりになると、喉の渇きにも似た肉体の渇きに悶絶していた。

スカートめくりをすれば、もう一度お仕置きをしてもらえるだろうか……。

イチゴのパンティを丸出しにして、いい年してそんなもの穿いてるんですか、という顔で嘲《あざけ》り笑ってやれば、怒り狂った奈実は、再びオムツプレイの辱めを与えてくれるのではないだろうか……。

龍之介は保育園で働きながら、気がつけば奈実の姿ばかりを追うようになっていた。眼が合うと怖いので、後ろから眺めつづけた。スカートの下で丸々とした存在感を誇っているお尻の形を見つめては、それを包みこんでいるパンティに思いを馳せた。

「……なによ？」

振り返った奈実が、キッと眼を吊りあげて睨んできた。誰もいない廊下だった。龍之介は取り憑《つ》かれたような表情で、奈実の尻をむさぼり眺めていた。

「あなた最近、眼つきがおかしいわよ。それにそうやって、いつもわたしの後ろでコソコソしてて」

「あっ、いや……」

龍之介はハッと我に返り、顔をひきつらせた。もう少しで、本当にスカートめくりをしてしまうところだった。

「ねえ、いったいなにを考えてるの？」

奈実が詰め寄ってくる。

「まさかとは思うけど、この前の復讐にスカートめくりでもしようっていうんじゃないでしょうね？」

「そんな……復讐なんて滅相もない」

龍之介はあわてて首を横に振った。

「じゃあなんでわたしの後ろをつけまわしてるのよ？」

「そ、それは……」

「ははーん……」

奈実が邪悪な笑みをこぼす。

「さてはオムツの味が忘れられないのかな？　もう一度オムツを穿かされて、わたしにあそこをいじめられたいんでしょう？」

龍之介の表情はひきつり、ごくりと生唾を呑みこんだ。嘘がつけない性格なので、気持ちが顔に出てしまったらしい。

「やっぱり……」

奈実は呆《あき》れたように苦笑した。

「またされたいのね、オムツ。そうなんでしょ？」

「……は、はい」

龍之介はうなずいた。もうひとりの自分が「やめろ」と耳元で叫んでいた。そこまで自分を貶めてどうするのだという気もしたけれど、うなずいてしまうともうダメだった。あふれる思いが言葉となり、口から飛びだしてしまう。

「お願いします、奈実さん……あのときのことがどうしても忘れられないんです……だから、もう一回……もう一回だけ……」

上目遣いで哀願している自分が、つくづく情けなくなった。いったいいつから、これほどの腰抜けに成り下がってしまったのだろうか。

「お願いです、奈実さん……お願いだから、もう一回……オムツを……」

「しようがないわねえ」

奈実はふうっとひとつ息をつくと、思わせぶりな表情でささやいた。

「それじゃあ、もう一回くらい、お仕置きをしてあげよっかなあ……」

「ほ、本当に？」

「今日は園長先生も外出してるし、ちょうどいいかも。わたしはみんなといったん帰るふりするけど、駅まで行って戻ってくるから、それまで待ってて」

「待ってます。ええ、待ってますとも」

龍之介は感激にむせび泣いてしまいそうだった。スカートめくりなんかしなくて本当によかった。奈実を怒らせてしまえば、ここまですんなり二度目のオムツプレイに辿《たど》りつけなかったかもしれない。

だが、そんな気持ちを制するように、奈実は言った。

「でも、ただ待ってるだけじゃダメよ」

「オムツをして待ってなさい」

「……と、言いますと？」

「ええっ……」

「この前みたいに裸になってオムツだけして、『バブー』って言いながら待ってるの」

「そ、そんな……」

龍之介は青ざめた。いくらなんでもそれはひどい。奈実の邪悪な視線があればこそ、それはプレイとして成立するが、ひとりでやっていたら本当に変態だ。

「なによ？　できないの？」

「……いいえ」

龍之介は首を横に振った。振るしかなかった。

「できます……奈実さんの言うことなら、なんだって……」

「じゃあ、ちゃんとオムツして待ってなさいよ。してなかったら、お仕置きしてあげないからね。いいわね？」

奈実はしつこく念を押してから、軽やかな足取りでその場を去っていった。

2

龍之介は遊戯室で立ちすくんでいる。

時刻は夕方六時、すでに園児や保母さんの姿はなく、園長である叔母も今日は昼過ぎから用事で出かけてしまっていて、帰りは夜になるらしい。

（奈実さん、しかたなくやってあげるみたいな顔してたけど、本当は自分ももう一回やってみたかったんじゃないのかな？　ドSの本性に目覚めちゃって……）

龍之介の動悸《どうき》は激しくなっていくばかりだった。

十分ほど前に、奈実は他の保母さんと連れだって帰路に就いた。〈H保育園〉から駅までは歩いて十分なので、ちょうど駅についたころだろう。奈実は駅まで行って戻ってくると言っていたから、あと十分ほどでここに戻ってくるはずである。

ぼんやりしている場合ではなかった。

龍之介は遊戯室の奥にある倉庫から、特大サイズの子供用の紙オムツを持ってきた。ゴワゴワした紙オムツを手にした瞬間、その中で射精を果たしたときの記憶が生々しく蘇《よみがえ》ってきて、体が震えだした。情けなく、みじめで、恥辱にまみれた射精だったけれど、あれほどの衝撃は二十年間生きてきて初めてだった。

（こんなことしてて、本当の変態になったらどうしよう……）

服を脱ぎながら、戦慄を覚えずにはいられなかった。それでも股間にオムツを着けて、マットの上に仰向けになった。窮屈なサイズなうえ、ゴワゴワした素材なので、脚を閉じることができず、まさにオムツを替えられるときの幼児のような格好になった。

（早く……早く来てくれないかな……）

天井を見上げながら、「バブー」と言ってみる。もはや奈実に命じられたことを忠実に実行するしかない、奴隷か手下のようなものだった。いや、いっそのこと、もっとみじめな姿で出迎えて驚かせてやろうと、納戸で見つけた幼児用のおしゃぶりを口に咥えた。

「バブー……バブー……」

馬鹿なことをしているなと思いつつも、そうしているといまにも奈実が戻ってきてお仕置きをしてくれそうな気がした。この前は突然の展開だったが、今日は違う。奈実にしてもドSなプレイに目覚めたうえで、龍之介をいじめにやってくるのである。この前以上に過激なプレイをしてくれる可能性だってゼロではないだろう。前回、舐めてくれたのは乳首だけだったが、今度はもっと別のところも……たとえばオムツの中にあるものを、あのサクランボのようにぷりぷりした唇で……。

「むむっ……」

想像を逞《たくま》しくしていくに従って、オムツの中の男性器官は痛いくらいに勃起していった。幼児用のものを強引に着けている窮屈さが、息苦しさを運んできた。しかし、龍之介はもう知っている。息苦しさは快楽への一里塚。それが一気に解放される射精の瞬間を考えるだに、息苦しささえも気持ちよさに変わっていく。

ところが……。

奈実は十分経っても二十分経っても、遊戯室に姿を現さなかった。龍之介はおしゃぶりを咥えた口で「バブー、バブー」と言いながら、壁に掛かった時計を睨みつけていた。駅まで行ってくるだけならとっくに帰ってきてもよさそうなのに、三十分経っても玄関扉が開く音がしない。

（どうしたんだろう？　他の保母さんにお茶でも誘われたのか？）

不安は募る一方だったが、オムツをしていては外まで様子を見に行くわけにもいかない。立ちあがってうろうろしているところで奈実が帰ってきてしまうのもよくない。せっかくなのだから、オムツをして両脚をひろげ、おしゃぶりまで咥えたみじめ極まりない姿で彼女のことを出迎えたかった。

（ああ、俺本当にマゾに目覚めちゃったのかな……どうしてこんな格好でいるのに、こんなに興奮してるんだ……）

二十歳の童貞では、ＳＭに放置プレイというものが存在することを知らなくても当然だった。ＳＭの世界には、欲望を煽るだけ煽って放置し、放置することでさらに欲望を燃え狂わせるという高等テクニックがあるのだが、このとき龍之介が陥《おちい》っていたのは、まさしくそのような状況だった。

一時間が経った。

龍之介の欲望は極限近くまでふくらみきり、玄関が開く音が聞こえてきただけで、ビクンと腰が跳ねあがってしまった。これで本格的にお仕置きが始まったら、いったいどうなってしまうのだろうと怖くなるほど、全身が敏感になっていた。

しかし、とにかく奈実は帰ってきてくれた。

予想よりずいぶん遅かったけれど、焦《じ》らされたことで興奮も高まった。

これでようやく、お仕置きが始まってくれるのだと思うと、体の芯から歓喜の震えがとまらなくなる。

「バブー……バブー……バブウウウーッ……」

一時間も幼児の真似事を続けたので、龍之介は幼児になりきっていた。「待ってました」も「早くいじめて」も「お仕置きしてください」も、すべて情けない赤ちゃん言葉で口から出ていく。

玄関から足音が近づいてくる。

龍之介は恥も外聞も投げ捨てて、歓喜に身をよじって声をあげた。

「バブウー……バブウウー……バ……」

ところが、遊戯室の扉を開けたのは、奈実ではなかった。

叔母の有希子だった。

「なっ……なにをやってるの、龍之介くんっ！」

龍之介は、叔母の金切り声を初めて聞いた。驚愕に眼を見開き、絹を裂くような声をあげて、清楚な紺のワンピースに包まれた体を小刻みに震わせた。

（嘘だろ……）

龍之介は眼の前が暗くなっていくのを感じた。いっそ気絶してしまいたかった。

「……バブー」

泣き笑いのような顔で言った。口におしゃぶりを咥えていたので、他にはなにも言いようがなかった。

十分後――。

龍之介は情けないオムツ姿のまま遊戯室で正座していた。

叔母は「もういいから足を崩しなさい」と言ってくれたけれど、正座した膝を握りしめたまま全身が金縛りにあったように動かなかった。おしゃぶりをはずした口からは、「ごめんなさい」と「すいません」が何度となく繰り返されている。

「つまり、こういうこと？」

壁に寄りかかって腕を組んだ叔母が、長い溜息をつくように言った。

「奈実さんに命令されてそんな馬鹿な格好をしてたって、そういうわけなのね？」

「はい……」

龍之介は深くうなだれたまま言葉を継いだ。

「奈実さんは……奈実さんはああ見えてひどい人なんです……ドSで悪魔のように意地悪な女なんです……一度、僕にオムツをしたら病《や》みつきになって、こんなひどいことを命令してきて……」

「でも……」

叔母が訝《いぶか》しげに眉をひそめる。

「命令されたからって、やる方もやる方でしょう？　断ればいいじゃない」

「それが……断れないような巧妙な手口で命令してくるんです」

「巧妙な手口？」

「なんていうか、その……童貞を……」

「えっ……」

「いや、その……恥ずかしながら、僕はまだ童貞なんですが……奈実さんは、命令に従えばセックスを教えてあげるとかなんとか……」

「呆れた……」

叔母はふうっと深い溜息をついた。

「そんなことで言いなりになるなんて、龍之介くん、あなたにもしっかり落ち度があるわ。呆れてものも言えない」

「でも……でも、僕だって……」

龍之介は必死になって言い訳した。

「僕だって男だから、そういうことに興味あるわけじゃないですか……眼の前にニンジンをぶら下げられたら、鼻息荒くなって当然ですよ……ただでさえ、いまどき二十歳にもなって童貞なんて恥ずかしすぎるのに……」

あまりの口から出まかせぶりに、自分でも呆れてしまう。事実は、叔母へののぞきが発端で、それを口どめするために甘んじて辱めを受けたのであり、今日に至っては、みずから涙ながらに哀願していじめてもらおうと思ったのである。

しかし、こうなった以上はもう後戻りはできない。奈実には徹底的に悪役になってもらうしかない。

「ねえ、叔母さん、ひどいと思いませんか？　童貞の男にセックスをチラつかせるなんて、猫にマタタビ以上ですよ。それでもてあそぶなんて、奈実さん、人としてひどすぎます」

「うーん……」

叔母は腕組みをしたたま、しばし何事かを思案した。

「でもね、龍之介くん。あなたも奈実さんを好きだったんじゃないの？　童貞を捨てられるなら、誰だっていいってわけじゃないでしょ？」

龍之介はブンブンと首を横に振り、

「誰だってよかったんです」

きっぱりと言いきった。

「もちろん、理想のタイプとかそういうのはありますよ。でも……でも、眼の前に据《す》え膳《ぜん》があれば……言うことをきけばやらせてあげるってささやかれれば、男なんて弱いものですよ。ええ。童貞ならとくに……」

「……そう」

叔母は壁にもたれていた体をまっすぐにすると、意を決した顔で龍之介を見て、

「じゃあ、ちょっとついてきなさい……」

二階に続く階段をのぼっていった。

3

〈H保育園〉に居候して約ひと月、龍之介は家中の掃除をしているので、入ったことのない部屋はなかった。

ただ、唯一の例外が叔母の寝室で、そこだけは叔母が自分で掃除をしているし、プライバシーを大切にしているような雰囲気もあったので、中を見たこともない。

その部屋に通された。

甘ったるい匂いがむっと鼻孔に襲いかかってきた。ポプリやアロマテラピーの道具もあったが、なによりそれは叔母の体が発する匂いに違いなかった。

さらに驚かされたのは、部屋のほとんどを占領している巨大なダブルベッドだった。ひとりで寝るには大きすぎるサイズだったが、すぐに亡くなったご主人が生きていたときに一緒に寝ていたベッドなのだと思い当たった。

「ねえ、龍之介くん……」

叔母はエアコンのスイッチを入れると、横目で龍之介をうかがってきた。長い睫毛《まつげ》を伏せ気味にした、水がしたたるような色っぽい眼つきだった、

「そんなに童貞が捨てたいなら、叔母さんが相手してあげましょうか？」

「えっ……」

エアコンから吹いてくる冷ややかな風が、龍之介の体を震わせた。耳を疑うような叔母の言葉に、背筋がひんやりと冷たくなった。

「たしかにね……」

叔母が身を寄せてくる。

「若い男の子がセックスに興味をもつのは当然のことだと思う。でも、興味をもちすぎて変な方向に行っちゃダメ。それなら、いっそ……わたしが……」

「お、叔母さん……」

裸の胸にしなだれかかられ、龍之介は狼狽えた。全裸にオムツという馬鹿丸出しな格好をしていたからではない。叔母の身長は龍之介より少し高く、抱擁の体勢になると、あやされているような感じがしたからでもない。

そうではなく、叔母は親戚だった。龍之介の母親とはひとまわり以上年が離れているし、容姿はそれほど似ていないが、血が繋がっているのである。いくら甥っ子が童貞をこじらせて変態性欲者になってしまいそうだからといって、やすやすと体を重ね

ていい関係ではない。

だが、紺色のワンピースに包まれた叔母の体からは、たまらなく甘い匂いが漂ってきていた。今日も東京は真夏日で、そんななか半日も外に出ていれば大量に汗をかくのも当然だろう。

ワンピースの両脇に汗のシミができていた。首筋も胸元も、白い素肌が汗でキラキラ光っていて、悩殺されてしまう。

「……叔母さんが相手じゃ、いや？」

見たこともない甘えるような眼つきで、ささやきかけてくる。

「誰でもいいって言ってたものね？　だったら、いいでしょう？　奈実さんなんかにもてあそばれるくらいなら、叔母さんだって……」

口づけを求めるように唇を差しだされ、龍之介はごくりと生唾を呑みこんだ。叔母の唇は、まるで深紅の薔薇の花びらのようだった。それでいて、ルージュでぬらぬらと濡れ光る色艶《いろつや》が、たまらなくいやらしい。この唇でペニスにキスをされたときのことを想像すると、動悸がどこまでも激しくなっていく。

（チャンスだ……これはチャンスだぞ……少しばかり血が繋がってたってかまうもんか……とにかく童貞を捨てるんだ……いい年して女の経験もないから、奈実さんにだって足もと見られていじめられるんだよ……だいたい、俺にとって叔母さんは初恋の相手じゃないか……そんな人に童貞を捧げることができるなんて、こんな幸運、普通ないよ……）

童貞喪失の相手は、自分より背が低い大和撫子で、できれば同い年か年下がいいなどという理想は、叔母の発する甘ったるい汗の匂いがすべて吹き飛ばした。なにも結婚しようというわけではないのだ。叔母はただ、二十歳になっても童貞である哀れな甥っ子に、性の悦びを教えてくれようとしているだけだ。ならばいいのではないか。いや、むしろ、初体験の相手は、叔母のように酸いも甘いも嚙み分けた熟女のほうが、最適なのではないだろうか。

「ねえ、キスして」

薔薇の唇がうごめく。

「……ぅんんっ！」

龍之介は吸いこまれるように唇を重ねた。ぷにっと柔らかな感触に、激しい眩暈が襲いかかってくる。

（チュウしちゃった！　ついに叔母さんとチュウを……）

わずかに残っていた罪悪感を、叔母の唇の感触が溶かした。叔母の唇は蕩けるように柔らかかった。考えてみれば、龍之介は二十歳で童貞なだけではなく、キスをするのも初めてだった。

「ぅんんっ……ぅんんっ……」

叔母は唇を開くと、ぬるりと舌を差しだしてきた。龍之介も唇を開いた。生温かい舌がぬめぬめとうごめきながら、口内に侵入してくる。

舌をからめとられた。

軟体動物が身を寄せあうようにして、唾液と唾液を交換した。なんていやらしいことをしているのだろうかと思った。

鼻息をはずませながら眼の下をねっとりと紅潮させていく叔母の顔が、興奮にどこまでも拍車をかけていく。

「うんんっ……奈実さんはキスさせてくれた？」

「いいえ」

龍之介は首を横に振った。奈実はオムツ越しにペニスをしごきながら口に指を突っこんでくれた。それはそれで気持ちよかったけれど、舌同士をからめあうディープキスの快感に比べれば、月とスッポンである。

調子に乗った龍之介は、叔母の舌をチューーッと吸いだした。甘くていやらしい叔母の唾液を、喉を鳴らして嚥下《えんか》した。

「うんんっ……ぅんぐぐっ……」

叔母も龍之介の舌を吸い返してくる。むさぼるようなキスになり、抱擁が強まっていく。ネチャネチャと音をたてて舌をからめあい、お互いの口の中を舐めあった。室内にはエアコンが効いているのに、紺色のワンピースに包まれた叔母の体が熱く火照り、じっとりと汗ばんでいくのがわかった。

「……脱がせて」

不意にキスを中断した叔母が、長い黒髪をかきあげて背中を向けた。後《おく》れ毛《げ》も妖《あや》しいうなじを見せつけられ、龍之介の心臓はドキンとひとつ跳ねあがった。

しかし、見とれている場合ではない。叔母はワンピースのホックをはずせと言っているのだ。ファスナーをおろして服を脱がすよう求めているのだ。

(いいのか……こんなことしちゃって本当にいいのかよ……)

実の叔母を脱がそうとしている背徳感に身を焦がしつつも、オムツの中ではイチモツが痛いくらいに勃起している。ゴワゴワした紙の生地を、突き破ってしまいそうな勢いである。

両手は興奮にこわばりきっているし、なにしろ初めての体験なので、ホックひとつはずすのに、ずいぶんと時間がかかった。それでも叔母はなにも言わずに待っていてくれる。ファスナーをおろすちりちりという音が、両手の指をさらにこわばらせる。

(あああーっ！)

縦に割れた紺の生地の間から、黒いベルトが見えた。ブラジャーのベルトに違いなかった。透明感のある白い素肌に吸いついて、身震いを誘うような魅惑のハーモニーを奏《かな》でている。

最後までファスナーをおろすと、叔母が袖《そで》を肩から抜いてくれた。妖しい衣擦《きぬず》れ音を残して、ワンピースが床に落ちていく。

（す、すげえっ……）

叔母がくるりとこちらを向くと、龍之介は瞬きも呼吸もできなくなった。黒いレースのブラジャーは、肩にかけるストラップのないタイプで、ハーフカップのデザインだった。乳肉がカップからはみだして、たっぷりした量感を誇示していた。

さらに下肢である。

三十四歳の股間にぴっちりと食いこんだパンティは、腰のまわりにブラジャーと揃いのレースが施され、フロント部分から股布にかけての生地が極端に薄いナイロンだった。シースルー気味になっていて、噴水が左右に飛び散るような形をした、恥ずかしい繊毛が浮かびあがっている。

（エロい……エロすぎるよ、これは……）

二十七歳にもなってイチゴのパンティを穿いているどこかの保母さんとは違い、叔母は清楚なワンピースを脱いだ途端にセクシーすぎるムードを醸《かも》しだした。さすが未亡人と言うべきか、圧巻の色気である。

あんぐりと口を開き、血走るまなこで上から下までむさぼり眺めていると、

「そんなにジロジロ見ないで……恥ずかしいわ……」

叔母は苦く笑ってベッドにうながしてきた。笑った顔も、いつもと違って妖艶《ようえん》だった。広いベッドに並んで横たわると、龍之介は興奮のあまり鼻血を出してしまいそうになった。

4

「いいのよ、好きにして……」

叔母が身を寄せてくる。じっとりと汗ばんだ素肌が密着し、龍之介の素肌からも興奮の汗がどっと噴きだす。

(好きにしていいって言われても……)

なにしろ童貞なので、どういうふうに事を進めればいいのか困ってしまう。まずなによりしたいことは、オムツをはずすことだった。興奮すれば興奮するほど締めつけがきつくなって、つらい。しかし、オムツをはずせば必然的に勃起しきったペニスが露出してしまうので、決断のタイミングが難しい。

「むむむっ……」

窮屈な圧迫感に悶絶しながら、叔母を抱擁した。甘ったるい汗の匂いごと火照った素肌を抱きしめて、まずはブラジャーの上から乳房を揉みしだく。

「んんんっ……」

叔母が眉根を寄せて声をもらす。その表情もゾクゾクするほど色っぽかったが、龍之介は手のひらに訪れた感触に衝撃を受けた。悩ましく盛りあがった肉の隆起が、ざらついたレースに包まれていることで、たまらなくいやらしい。むぎゅっと手指に力を込めてみると、カップの下の乳肉は蕩けるように柔らかかった。

「むうっ……むううっ……」

鼻息も荒く、ぐいぐいと揉みしだいた。一刻も早く生乳を揉んでみたいという欲望がこみあげてくるが、手のひらをレースのカップから離せない。ひと揉みごとに、体温が一度ずつあがっていくような、それほどの興奮に駆られてしまう。

「ああっ、してっ！　もっとしてっ」

叔母が身をよじらせながら、両手を後ろにまわしていく。みずからブラジャーのホックをはずし、たわわに実った白い肉房を、黒いレースのカップからこぼす。

（うおおおおーっ！）

龍之介は息を呑み、眼を見開いた。清楚な美貌にそぐわない、鏡餅《かがみもち》のような巨大な乳房だった。生身を裾野《すその》からすくいあげると、もっちりとした感触が手のひらに吸いついてきた。餅は餅でも搗《つ》きたての柔らかさである。

「むうっ……むううっ……」

両手で双乳をすくいあげ、こねるように揉みしだいた。簡単に手指が沈みこむ柔らかさに驚嘆しながら、たわわな球体を卑猥な形にひしゃげさせる。

童貞の龍之介とはいえ、女体はデリケートなもので、丁寧に扱わなければならないことくらい知っていた。それでも手指に力がこもってしまう。みるみる汗ばんでいく手のひらが、なめらかな乳肉の上でぬるりとすべる。

「強くないですか？　こんなにして痛くないですか？」

「大丈夫よ……」

叔母は眉根を寄せた悶え顔で、ハアハアと息をはずませた。

「それくらいじゃ強くないから……痛いくらいにしてもいいから」

「ああっ、叔母さんっ！」

龍之介は頭から豊満な双乳に突っこんでいった。汗ばんだ胸の谷間に顔を埋め、両手でむぎゅむぎゅっと乳房を揉んだ。双頬にあたる生乳肉の感触が、この世のものとは思えないほど艶《なま》めかしい。

「ああっ、叔母さんっ……乳首を……乳首を吸ってもいいですか？」

「吸ってっ……強く吸ってっ……」

「むうっ……」

龍之介はあずき色の乳首を口に含み、チューッと勢いよく吸いたてた。乳首はまだ突起していなかったが、口の中でみるみる硬くなっていった。

「くぅううーっ！　吸ってええっ……もっと吸ってえええっ……」

叔母が悶えながら足をからめてくる。

「吸うだけじゃなくて、噛んでもいいのよ……ねえ、龍之介くんっ……噛んで……甘噛みしてえええっ……」

「むううっ！」

龍之介はいやらしいくらいに硬く尖ったあずき色の乳首を、やわやわと甘噛みした。舌で転がしては吸い、吸っては再び甘噛みしてやる。

（そうか……そういうことなのか……）

生まれて初めて対峙する乳房の魅力に溺れながら、龍之介の頭にはある想念が浮かびあがってきた。

叔母はいかにも、童貞をこじらせた甥っ子を助けるような口ぶりでベッドに誘ってきたけれど、彼女自身も欲求不満をこじらせていたのだ。なにしろバスルームでオナニーせずにはいられないほど、熟れた体は渇いていたのである。「貞女、二夫にまみえず」な生き方を選びつつも、セックスへの渇望感だけはどうしようもなかったのかもしれない。

その証拠に、乳房への愛撫だけで、叔母は早くも、我を忘れるような勢いで乱れはじめていた。痛烈な愛撫を求めるだけではなく、からめた脚からもそれがひしひしと伝わってきた。

「ああっ、いいっ！　いいわよ、龍之介くんっ！」

甲高《かんだか》い声で言いながら、両脚で龍之介の太腿を挟み、股間をこすりつけてくる。恥毛が透けるほど薄いナイロンの生地の奥から、湿り気を帯びた妖しい熱気がむんむんと漂ってくる。早くこっちも愛撫してとばかりに、女の部分を疼かせている。

（叔母さんだって……叔母さんだって欲求不満だったんだ……）

ならば遠慮はいらないと、龍之介は奮い立った。童貞を奪ってもらえるお返しに、叔母にも感じてもらいたかった。なにしろ童貞なので、三十四歳の未亡人の欲求不満を解消できる自信などない。それでも、できそうなことはなんでもやってみるべきだと思った。

「叔母さん……」

龍之介は乳房への愛撫を中断し、上体を起こした。

「ちょっと後ろ向きになってもらっていいですか……膝を立てて……」

「えっ？　なに？　どうしたの……」

戸惑う叔母の体を、四つん這いにした。そう、龍之介はバスルームをのぞいたときのことを思いだしたのである。叔母は四つん這いでオナニーしていた。牝犬のようなポーズで、クリトリスをいじりまわしていた。ということは、その格好がいちばん燃えるということだろう。

（うわあっ……）

四つん這いになった叔母の姿に、龍之介は全身を小刻みに震わせた。豊満な乳房と尻、そして蜂のようにくびれた腰をもつ叔母は、四つん這いになるとたまらなくエロティックなオーラを発する。

「どうしたの、龍之介くん。叔母さんをこんな格好にさせて、どうしようっていうの？」

叔母が振り返り、恨みがましい眼で睨んでくる。しかし、その瞳は欲情にねっとりと潤んでいるから、怖くもなんともない。むしろ、十四歳も年下の甥っ子に恥ずかしい牝犬のポーズをとらされたことに、興奮しているようですらある。

「失礼します……」

龍之介は叔母の後ろにまわりこみ、突きだされたヒップと対峙した。すごい迫力だった。立っているときでも豊満さを隠しきれない尻の双丘が、四つん這いで突きだされると丸みとヴォリューム感がさらに倍増したように見える。

しかも、それを包んでいる黒いフルバックパンティの生地は、フロント部分と同じくストッキングのように薄いナイロンで、尻の桃割れが透けていた。

「むううっ……」

頭に血が昇った龍之介は、左右の尻丘を両手でむんずとつかんだ。なめらかな尻丘にぴったりと貼りついたナイロンの感触は極上で、撫でているだけで陶然《とうぜん》としてしまう。パンティと尻の間に両手を忍びこませれば、素肌は剝き卵のような触り心地がした。それでいて、どこかしっとりとした湿り気もある。

（エロい……なんてエロすぎる触り心地だ……）

取り憑かれたように生尻を撫でまわし、手のひらで尻の丸みを味わった。丸みを吸いとるように撫でまわした。そうしていると、自然にフルバックのパンティがTバック気味になり、ぐいぐいと尻の桃割れに食いこんでいく。

「うっくっ……」

股布に女の部分を刺激され、叔母がうめく。股布はさすがにシースルーにはなっていないが、食いこみすぎてこんもりとふくらんだ女陰の形状が浮かびあがってくる。

「あああっ！」

叔母が悲鳴をあげたのは、龍之介が股布に唇を押しつけたからだ。悲鳴をあげたいのは、龍之介も同じだった。二重になっている股布がじっとりと湿り気を帯び、それに包まれている柔らかい肉が生地の奥で妖しい熱気を放っていた。

「いやらしい……いやらしいわよ、龍之介くんっ……叔母さんにこんな格好させて、そんなところ舐めるなんてっ……」

言葉とは裏腹に、叔母はひどく興奮しているようだった。四つん這いの肢体をくねらせ、尻を振りたてる。いやいやをしているというより、どう見てももっと激しい刺激が欲しいとねだっている。

（こんなことしたら、どうだ？）

龍之介は劣情にまかせて、Ｔバック気味になったパンティをさらに掻き寄せた。パンティの生地を一本の紐のような状態にして、桃割れにぎゅうっと食いこませる。

「はっ、はぁうううーっ！」

叔母の蜂腰がビクンと跳ねる。と同時に、食いこみすぎた股布の間から、チョロチョロした繊毛がはみ出し、さらにはくすんだ桃色の肉土手まで見えて、龍之介は口の中に大量の生唾があふれだすのを感じた。

（いやらしいっ！　いやらしすぎるのは叔母さんのほうだよっ！）

クイッ、クイッ、と紐状のパンティを引っ張りあげれば、叔母はひいひいと喉を絞ってあえぎながら、四つん這いの肢体を淫らがましくよじらせた。まるでマリオネットを操っているようだった。ただし叔母が演じているのは、メルヘンチックな童話の世界ではなく、発情しきった牝犬だったが……。

「いいですか、叔母さん？　気持ちいいですか？」

「ああっ、いいっ！　いいわあっ！」

叔母はあえぎながら振り返り、ねっとりと潤んだ瞳で見つめてきた。

「ねえ、もっとよくしてっ……舐めてっ……叔母さんのオマ×コ、舐めてちょうだいっ……」

叔母の口から飛びだした卑猥な四文字に衝撃を受け、龍之介は一瞬、呼吸も瞬きも忘れてしまった。

5

「いいですか？　脱がしちゃっていいですか？」

龍之介が上ずった声で言うと、

「ああっ、脱がしてっ！　叔母さんのっ……見てちょうだいっ……叔母さんのオマ×コ、見てえええっ……」

叔母は桃割れにパンティの食いこんだヒップをプリプリと振りたてた。

（まさか……まさかあの叔母さんが……）

ここまで大胆というか、欲望に忠実というか、淫乱じみた振る舞いをする女だとは、夢にも思っていなかった。幼き日、保育園の柵越しに見つめていた叔母は、清楚で可愛らしくて、憧れずにはいられない女だった。上京して再会した叔母だって、生来の美貌に年相応の落ち着きやまろやかさを加え、美しさに磨きをかけていた。

それが……。

ひと皮剝けば、ここまで露骨な好き者だったとは……。

「いいんですね、叔母さん？　叔母さんのオマ×コ、見ちゃっていいんですね？」

龍之介は叔母の変貌ぶりに啞然としながらも、自分もどんどんと彼女の世界に引きずりこまれていった。有り体《あてい》に言って、スケベったらしくなっていった。いいことか悪いことかはわからないけれど、とにかく表情から口調、手つきまで、自分でも恥ずかしくなるほど欲望に脂ぎらせていった。自分が童貞であることを忘れてしまいそうなくらいだった。

「オマ×コ見ますよ……見ちゃいますよ……」

しきりによじられる叔母の腰からパンティをずりさげ、かさぶたを剝《は》がすように股布を剝がしていく。剝がすほどに、むわっと獣じみた匂いが漂ってくる。牝の淫臭としか呼びようのない匂いを、胸いっぱいに吸いこんでいく。

（うわあっ……）

パンティを膝までさげた龍之介は、眼の前の光景に圧倒され、スケベな台詞を言うことすらできなかった。

黒々と濡れまみれた繊毛が、くにゃくにゃと縮れたアーモンドピンクの花びらにまつわりついていた。後ろから見てもかなり毛深い陰部であることがわかったが、清楚な美貌に似つかわしくなくて、息を呑んでしまう。

おまけに花びらの形状も想像していたよりずっと肉厚かつ大ぶりで、どこに割れ目があるのかわからない。ただ、パンティの股布に隠れていた部分が、霧吹きでもかけたように濡れているので、どこかに割れ目はあるはずだった。そこから発情のエキスが滲みだしているから、これほど濡れているのだろう。

「ああっ、いやっ……見ないでっ……見ないでえええ……」

恥ずかしそうに尻を振りたてながらも、叔母の声は喜悦に歪みきっていた。見られて感じていることが生々しく伝わってくる声だった。そもそも、卑猥な四文字まで使って見てほしいとねだってきたのは、叔母のほうなのだ。

「見ますよ……もっと奥まで見ちゃいますよ……」

龍之介はフウフウと鼻息を荒げて、右手を叔母の陰部に伸ばしていった。貝肉によく似たいやらしすぎる触り心地に背筋を震わせながら、親指と人差し指で、輪ゴムをひろげるようにくつろげていく。

「ああっ、いやあっ……」

叔母がせつなげな声をあげ、つやつやと薄桃色に輝く粘膜が露出した。アーモンドピンクの花びらをくつろげた瞬間、薔薇の蕾のように幾重にも重なった肉ひだがうごめき、匂い立つ粘液がタラーリと糸を引いてシーツまで垂れた。

「み、見えてますよっ！」

龍之介は興奮に声を荒げた。

「叔母さんのオマ×コ、奥まで見えてますよ。奥の奥まで、びっくりするほどびしょ濡れですよ」

「ああっ、いやっ……言わないでっ……恥ずかしいこと言わないでっ……」

「だって本当のことですから」

割れ目を閉じては開き、開いては閉じる。開くたびに、タラーリ、タラーリ、と発情のエキスがシーツに垂れていく。

（これが……これが生身の女のオマ×コッ……）

龍之介は生まれて初めて実物の女陰と対峙した感動に、両眼を血走らせてむさぼり眺めた。ペニスとは違い、ひどく複雑な形をしていた。唇に似ていると言えば似ているが、肉厚で大ぶりな花びらはやけにびらびらしているし、まわりにびっしりと生えた繊毛が蜜を浴びて海草のように貼りついているので、まるでそこだけが叔母とは別のグロテスクな生き物のようだ。

「ああっ、意地悪っ……龍之介くんの意地悪っ……」

叔母がしきりに腰をくねらせ、尻を振りたてる。見ているだけで手を出してこないことを、咎《とが》めているらしい。

龍之介は深呼吸するように大きく息を吸いこみ、唇を桃割れに近づけていった。

ぶちゅっと音がたちそうな感じで割れ目にキスをすると、

「はぁあああーっ!」

叔母は甲高い悲鳴を部屋中に響かせた。四つん這いで体をくねらせ、ビクン、ビクン、と腰を跳ねさせた。

「むううっ……むうううっ……」

龍之介は舐めた。つやつやした薄桃色の粘膜に、唾液のしたたる舌を這わせた。色も質感も赤貝にそっくりだった。ほのかに磯《いそ》の香りまですることには驚いたが、舐めつづけていくと、磯の香りより痛烈な、発酵しすぎたチーズのような匂いが鼻孔に襲いかかってきた。

(これがオマ×コの味か……俺はいまオマ×コを舐めてるんだ……)

口のまわりが叔母の漏らしたものでベトベトになっていくのもかまわず、龍之介は夢中で舐めまわした。むさぼったというほうが正確な表現かもしれないくらい、尻の桃割れに顔を押しつけ、粘膜を舐めては花びらをしゃぶった。

しかし、四つん這いの体勢では、肝心のクリトリスをうまく見つけることができない。

（そうだ……）

バスルームで叔母がオナニーしていたときのことを思いだし、龍之介は四つん這いになっている女体の向きを変えた。ほとんど正方形に近いキングサイズのベッドなので、自由に動きまわれた。

「ああっ、なにっ？ なにをするのっ……」

叔母が焦った声をあげたのは、龍之介が片足をもちあげたからだ。雄犬が電信柱におしっこをする格好で、片足をベッドのヘッドボードに載せてしまう。

「いっ、いやいやいやいやっ、恥ずかしいっ……」

叔母は羞恥に歪んだ悲鳴をあげたけれど、龍之介は知っていた。叔母がこのポーズでオナニーに耽っていたところが、眼の奥に焼きついていた。

いやらしすぎる格好だった。

清楚な未亡人にして保育園の園長先生である叔母が、四つん這いで片脚をあげている。女の恥部という恥部を丸出しにして、恥辱に悶え泣いている。

（すごいぞ、こんなに奥まで……）

片脚をあげさせたことで、いままで隠れていたところまでがよく見えた。薔薇の蕾のように折り重なった薄桃色の肉ひだが、呼吸をするようにうごめいている。

しかし、肝心のクリトリスが、まだ確認できない。

ヴィーナスの丘を飾っている恥毛がひどく濃密で、肉の合わせ目を隠してしまっているのだ。

(よーし、こうなったら……)

仰向けになって、叔母の股ぐらの下に顔を潜りこませていった。自動車のシャーシを修理するメカニックのように、片脚をあげている叔母を下からのぞきこんだ。

「ああっ、いやあっ……いやようっ……」

叔母は白い太腿をぶるぶると震わせて恥辱にあえいだが、それ以上のことはなにもできない。

龍之介は濡れた恥毛を掻き分けて、肉の合わせ目を探った。眼を凝らしてよく見れば、つやつやと輝く真珠肉が包皮から半分ほど顔を出していた。

「や、やめてっ……こんな格好許してっ……ああっ、許してちょうだい、龍之介くぅうんっ……はぁあうううーっ！」

叔母の哀願は、痛切な悲鳴で引き裂かれた。

「むううっ……むううっ……」

獰猛《どうもう》な蛸のように唇を尖らせた龍之介が、クリトリスに吸いつき、舐めはじめたからだった。

6

（やっぱり違う……全然違うぞ……）

　クリトリスを舌先で転がしはじめた龍之介は、それまでとはあきらかに違う叔母の反応に眼を見張った。

「ああっ、いやっ……こんなワンちゃんみたいな格好でっ……くぅううっ……恥ずかしいっ……恥ずかしいけど、いいっ……」

　片足をヘッドボードにのせた不自由な体勢で身をよじり、腰をくねらせる。胸元で乳房を揺らし、内腿の肉を波打つように震わせて、淫らがましく悶え泣く。

　もちろん、もっとも反応に変化があったのは女の花だった。

　ぱっくり開いたアーモンドピンクの花びらの間で、渦を巻いた薄桃色の肉層をひくひくと収縮させ、涎《よだれ》じみた発情のエキスをあとからあとからこんこんと漏らした。クリトリスは舌先で転がせば転がすほど包皮を剝ききっていやらしく尖り、真珠のような色艶を誇示しながらさらなる愛撫を求めて身震いしている。

（ああっ、どんなに濡らしてるんだよ、叔母さん……）

龍之介はクリトリスを舐めまわしながら、中指を「ファックユー」の形に突き立てた。花びらをねちっこくいじりたて、浅瀬をぬぷぬぷと穿《うが》つと、

「くぅううぅーっ！　くぅううううーっ！」

叔母が清楚な美貌を真っ赤に燃やして悶えたので、さらに指を沈め込んでいく。煮えたぎるシチューに指を突っこんだような熱気におののきながら、中の肉ひだを攪拌《かくはん》してやる。

「あぁおおおおーっ！　ダ、ダメッ……そこはダメぇええええっ……」

叔母の悲鳴がどんどん人間離れしていくことにも驚かざるを得なかったが、どうやらそれは、龍之介の指が急所をとらえたせいらしい。蜜壺の上壁のざらついた部分を指でこすると、叔母はことさら激しくよがり泣く。

「ここがいいんですか？　ねえ、叔母さん、ここですか……」

ぬんちゃっ、ぬんちゃっ、と粘っこい音をたてて、指を出し入れさせると、

「ああっ、いいっ！　いいのおっ……ダ、ダメになるううぅっ……」

叔母はあられもない声で答えた。

もしかすると、と龍之介は思った。

これがよく聞くGスポットというやつではないのだろうか。ここを責めれば潮《しお》を吹

くほど感じてしまうという、クリトリスに勝るとも劣らない女の急所……。

「はっ、はぁおおおおおおおーっ！」

Ｇスポットをぐりぐりと刺激しながら、クリトリスを吸うと、叔母は長い黒髪を振り乱してあられもなく乱れはじめた。

「ダメダメダメ……そんなにしたら、出ちゃうっ……漏れちゃうううううーっ！」

叔母は絞りだすような悲鳴をあげると、五体をぎゅっと硬直させた。腰だけがガクガク、ブルブル、と震えていた。そして次の瞬間、股間から潮吹きが始まった。おしっことは違う無臭で透明な分泌液が、水鉄砲にも似た軌道を描いて、股間の下にいる龍之介の顔にしたたかにかかった。

「おおおっ……おおおおおっ……」

龍之介は焦りつつも、指の出し入れをやめることができなかった。眼をつぶることもできない。片足をあげて潮を吹く叔母の姿はまさしく電信柱でおしっこをする雄犬で、その光景は倒錯的なまでの妖しさに満ちていた。

「あああっ、もうやめてっ！」

叔母は絶叫して尻を振ると、龍之介の指責めを強引に振りきった。清楚な美貌を生々しいピンク色に染め抜いて、ハアハアと息を整えた。整えながら、龍之介の下肢のほうに移動してきた。

「信じられない……信じられない……」

呆然と眼を見開き、紅潮した顔を左右に振る。

「あなた、本当に童貞なの？　童貞のくせに叔母さんに潮を吹かせたの？」

「そうですよ。叔母さんは正真正銘、清らかな童貞に潮を吹かされたんですよ」

龍之介は顔面に浴びた潮を手のひらで拭《ぬぐ》いながら体を起こそうとしたが、

「そのままでいて」

叔母に制された。

「わたし、もう我慢できない……龍之介くんの童貞……貰ってあげる……」

言うが早いか、叔母は龍之介の下半身に手を伸ばしてきた。龍之介はまだ、オムツを着けたままだった。中で勃起しきったイチモツがゴワついた紙の生地に盛大なテントを張らせている。

「まったく……オムツなんてしてる子に……潮まで吹かされるなんて……」

口の中でブツブツ言いながら、両サイドのマジックテープを、ベリッ、ベリッ、と剝がしていく。

（ああっ、叔母さん……）

龍之介は不意になんの抵抗もできなくなった。いままで責めていたはずなのに、オムツを脱がされるという異常なシチュエーションが、時間を巻き戻させる。幼き日、保育園の金網越しに見ていた叔母が、子供に返った自分のオムツを替えてくれているような、妖しいイリュージョンへといざなっていく。

着けているだけで息苦しくなったオムツだったが、いざ脱がされる段になると、傷口からかさぶたを剝がされるような衝撃があった。

（ああっ、見られるっ……叔母さんに勃起した俺のものをっ……）

オムツから取りだされたペニスは隆々と勃起しきって太ミミズのような血管を浮かべ、子供のものとはまったく違う形状をしていた。まだ女を知らない清らかなペニスだけれど、あふれる欲望に滲じみた先走り液まで大量に漏らし、刺激を求めてビクビクと跳ねていた。

「ああっ、なんて立派なオチ×チンなの……」

叔母はまぶしげに眼を細めてうっとりとささやくと、肉竿にそっと手を添えてきた。

慈《いつく》しむように何度かしごいてから、亀頭の先端に唇を押しつけ、あふれる先走り液をチュッと吸った。

「おおおっ……」

龍之介はたまらず身をよじらせた。先走り液を吸われた瞬間、ペニスの芯に電流でも流れたような衝撃が流れた。

「うんんっ……ぅんんんっ……」

叔母は亀頭に唇を押しつけたまま、舌を使いはじめた。初めは遠慮がちに、けれどもすぐに大胆に口を開いて舌を伸ばし、亀頭を舐めまわしてきた。やさしいやり方だった。自分でするよりずっと刺激はソフトなのに、濡れたヴェルヴェットのような舌の感触が、ペニスに染みこんでくる。

「うんあっ……」

叔母は薔薇色の唇を割りひろげると、そそり勃《た》った男根を口唇にずっぽり咥えこんだ。ずっぽりという擬音を使わずにはいられないような、大胆な咥えこみ方だった。そしてそのまま、唇をスライドさせはじめた。生温い口内粘膜の感触と、その中でねろねろと動く舌の刺激に、龍之介はのけぞった。

（た、たまらないよ……これがフェラか……フェラチオかあっ……）

衝撃的な快感にのけぞっても、視線だけは叔母からはずせなかった。

「うんぐっ……ぐぐぐっ……」

叔母は唇をスライドさせながら、上目遣いで龍之介を見ていた。長い黒髪をかきあげながら、視線をからみあわせてきた。まるで、そうすることでフェラの快感が強くなるとでも言いたげな振る舞いだったが、実際に視線をからみあわせていると、怖いくらいに興奮していった。

（まずい……まずいよ……）

このままでは暴発してしまうかもしれない、と龍之介が身をすくめたのと、叔母がフェラチオを中断したのがほぼ同時だった。龍之介が出してしまいそうだったのを、察してくれたようだった。

「とっても大きいオチ×チンなのね……」

叔母は口のまわりの唾液を指で拭いながら、龍之介の腰にまたがってきた。

「叔母さん、興奮しちゃったわよ……龍之介くんのオチ×チンが大きすぎて、舐めながら興奮しちゃった……」

「ううう っ……」

龍之介は血走るまなこを見開いて、仰向けの体を小刻みに震わせた。腰をまたいできた叔母が、両脚を立てたからだ。相撲の蹲踞《そんきょ》というか、和式トイレにしゃがむ格好というか、とにかく悩殺度満点なM字開脚を披露したのである。

逆三角形にふっさりと茂った草むらが、丸見えだった。その奥に、アーモンドピンクの花びらもチラチラ見えている。叔母がペニスに手を添え、女の割れ目にあてがうと、言葉を失うくらい淫らな光景が眼の前に現れた。

「初めてだから見たいでしょう？　オチ×チンが女の体に入っていくところ、しっかりその眼で見たいでしょう？」

眉根を寄せてささやかれる叔母の言葉は、ほとんどうわごとのようだった。童貞の甥っ子に気を遣っていてるようでいて、すべての神経がM字に開いた両脚の中心に集中しているのが、ありありと伝わってきた。

「いくわよ」

「……はい」

龍之介が息を呑んでうなずくと、叔母はゆっくりと腰を落としてきた。女の割れ目に、ずぶりっと亀頭が埋まった。アーモンドピンクの花びらを巻きこんで、勃起しきった男根がよく濡れた蜜壺に沈みこんでいく。

「んんんっ……んんんんっ……」

叔母は眉間に刻んだ縦皺《たてじわ》を深めながら、股間を小さく上下させた。女の割れ目を唇のように使って、亀頭をチャプチャプと舐めたててきた。そうしつつ、じわり、じわり、と結合を深めていく。奥からあふれた熱い発情のエキスが、タラーリ、タラーリ、と肉竿を伝って陰毛まで垂れてくる。

「んんんっ……んんんっ……はぁあああああーっ！」

ついに股間を最後まで落としてくると、叔母は首に何本も筋を浮かべて甲高い悲鳴をあげた。

「ああっ、きてるっ……奥まできてるっ……いちばん奥まで届いてるううーっ！」

叔母はガクガク、ブルブル、と肢体を震わせ、たわわに実った肉房をはずませる。

呼吸がみるみる高ぶっていき、上から見つめてくる眼が濡れてくる。

「どう？　これが女よ、龍之介くん……これが……これがセックスよっ！」

言いながら、白い素肌を汗に光らせていく。体の震えが腰の動きに変化していき、肉と肉とがぬちゃっとこすれあう。

「おおおっ……」

龍之介は真っ赤な顔でのけぞった。生まれて初めて味わった蜜壺の感触は、思ったより緩かった。もっと狭い肉路に無理やり入りこんでいくイメージがあったのだが、そうではなく、濡れた肉ひだの中でペニスがねっちょりと泳いでいる感じがした。

しかしそのぶん、結合感がいやらしい。

自分の手指にはありえない、ぬめぬめした肉ひだに包みこまれているのが、身をよじりたくなるほど気持ちいい。

「ねえ、どうなの？　気持ちいいでしょう？」

叔母が腰を浮きあがらせては、沈める。勃起しきったおのが男根が、女の割れ目に入っては出てくる様子が見える。出てくるたびに発情のエキスにまみれ、血管がぷっくり浮き立つ表面に淫らな光沢を纏《まと》っていく。

「ああっ、いいっ！」

叔母はもう我慢できないとばかりに、膝を前に倒した。むっちりした左右の太腿で龍之介の腰を挟みこみ、本格的に動きはじめた。股間をしゃくるように前後させ、蜂のようにくびれた腰をくねらせる。ヒップの重みを利用して、男根を咥えこんだ部分から、ずちゅっ、ぐちゅっ、といやらしすぎる音をたてる。

「ああっ、いいっ……いいわあっ……」

卑猥な肉ずれ音がたつのもかわまず、叔母の腰使いはどんどん熱を帯びていった。股間を前後にしゃくるだけではなく、グラインドさせたり浮かびあがらせたり、くびれた腰をベリーダンスさながらに激しく動かして、肉と肉とを摩擦させる。清楚な美貌をくしゃくしゃにして、淫らなまでに喜悦をむさぼる。

「ねえ、どうなのよ、龍之介くんっ！　気持ちいいでしょ？　童貞を捨てられて嬉しいでしょう？」

「ううっ……」

龍之介はほとんど呆然としていた。叔母の腰使いがいやらしすぎて、ついていくことができない。ただなすがままに、女の割れ目で男根をしゃぶられるばかりだ。

「ほら、おっぱい触ってもいいのよ」

叔母が両手を取り、乳房に導いてくれたので、龍之介は汗ばんでつるつるになった双乳を揉んだ。それでもまだ呆然としている。自分の体になにが起こっているのか、正確に把握できない。

「お、叔母さん……」

不意に泣き笑いのような顔で叔母を見上げた。

「ダメッ……もうダメッ……」

「えっ？」

叔母は心配そうに眉をひそめたが、腰の動きはとめてくれなかった。クイッ、クイッ、と股間をしゃくっていた。次の瞬間、悲劇は訪れた。耐え難い勢いでふくらんだ射精欲が、下半身で爆発した。

我慢なんてできなかった。

「おおおーっ！　おおおおおーっ！」

気がつけば雄叫《おたけ》びをあげて、ドクンッ、ドクンッ、と煮えたぎる欲望のエキスをペニスの先から噴射していた。

「ちょっと……まさか、もうイッちゃったの？」

叔母も泣き笑いのような顔になり、けれども腰の動きはとめてくれない。射精で暴れるペニスから、さらなる男汁を絞りとるように股間をしゃくる。

「おおおおっ……おおおおおっ……」

龍之介はすがりつくように叔母の双乳をつかみながら、長々と射精を続けた。両眼からはいつしか、熱い涙が流れていた。感極まってしまうほどの衝撃的な快感と、童貞を喪失した感動、そして、いくらなんでも早く出しすぎだという痛恨の涙が一緒くたになり、叔母の眼も憚《はばか》らず泣きじゃくらずにはいられなかった。

第三章　人妻は淋しいの

1

「ちょっと、奈実さん。ひどいじゃないですか」

龍之介は出勤してきた奈実に鬼の形相で近づいていった。

「昨日、結局ここに戻ってこなかったでしょ？　僕、オムツ着けたままひとりで一時間も待ってたんですよ」

「やだぁ」

奈実は無邪気な顔で笑った。

「まさか、あんな話を本気にしてたの？　冗談に決まってるじゃない」

「……じょ、冗談？」

「そうよう。ちょっとからかってみただけ。まさか本気でオムツ着けて待ってるなんて……やっぱりあなた、相当な変態ね」

奈実はまだ笑っている。悪魔の笑顔ではなく、わざとらしいブリッ子の笑顔で、それがよけいに腹立ちを誘い、龍之介は食いさがろうとしたが、

「じゃあ、わたし仕事があるから」

奈実は足早にその場を去っていった。

（チクショーッ！　なんだってんだよ、まったくっ……）

龍之介は顔を真っ赤にして地団駄を踏んだが、顔は天使で中身が悪魔なドS女を信じた自分が馬鹿だった。こうなることだって充分予想できたはずなのに、みすみす罠に嵌《はま》ってしまうとは、おのれの愚かさを呪うしかない。

しかし……。

腹黒い彼女に騙されたおかげで、思いがけない幸運に恵まれたことも、また事実だった。彼女がオムツをして遊戯室で待っててと命じてこなければ、それを叔母に見つかることはなかったし、セックスの経験がないことを相談することもできなかった。つまり、念願の童貞喪失を果たすこともなかったのである。

（ああっ、叔母さん……）

二十年間守ってきた清らかな童貞を捧げ、大人の男にしてくれた叔母のことを考えると、体が自然と火照りだしてしまう。

生まれて初めて味わったセックスは、それはそれは甘美なものだった。

いささか発射が早すぎたという失敗はあったものの、それはそれ。濡れた蜜壺の中で遂げた放出感は、オナニーでもオムツの中の粗相《そそう》でも味わえなかった衝撃に満ちていた。ペニスを挿入したときのぬめぬめした感触を思いだすだけで、仕事中でも痛いくらいに勃起してしまうほどだった。

今度はいつ、叔母はやらせてくれるだろうか？

そういう約束をしたわけではないけれど、叔母自身も欲求不満をもてあましているようだし、龍之介は二度目のチャンスが訪れることを疑っていなかった。なにしろひとつ屋根の下で暮らしているのである。タブーを破る罪悪感も、一度破ってしまえば薄まるもの。悶々として寝つけない夜、誘いの声がかけられる可能性はかなり高いはずだ。

そう、早速今夜にでも……。

だが、三日経っても一週間経っても、叔母がベッドに誘ってくることはなかった。

それどころか、童貞を奪われたあの日以来、叔母の態度はひどくよそよそしいものとなり、なんだか避けられている節さえあった。このところ夜になるとかならずどこかに出かけていくし、深夜まで帰ってこない。必然的に夕食は龍之介ひとりで食べなければならず、帰りが遅い叔母は睡眠時間を確保するために朝食も食べなくなって、会話の機会が極端に減っていった。

いったいどうしたというのだろう？

激しい不安に駆られたが、どうにも問い質《ただ》せる雰囲気ではない。

そこで龍之介は、ある日の夜、叔母のことを尾行することにした。

〈H保育園〉を出た叔母は、一時間近く電車に乗って新宿に出ると、駅の改札でひとりの男と落ち合った。

ネズミ色のスーツを着た、三十代とおぼしきサラリーマンだった。それほど親しい間柄ではないらしく、お互いぎくしゃくした態度で挨拶していたが、ふたりが向かったのはレストランでも居酒屋でもなく、歓楽街のラブホテルだった。

（嘘だろ……）

龍之介は電信柱の陰に隠れて、ネオンも妖しいラブホテルの門をくぐっていく叔母の後ろ姿を呆然と見送った。夢でも見ているようだった。意味がわからないと言ったほうがいいだろうか。一緒にラブホテルに行くような相手がいるなら、欲求不満は解消されているはずであり、バスルームでオナニーをする必要もなければ、甥っ子と体を重ねることもなかったはずだ。

この一週間ほどの間に、予想もつかなかった恋が芽生え、発展があったというのだろうか。

それで毎晩夜になると外出し、逢瀬《おうせ》を重ねているというわけか。

しかし、事実はそれほど単純なものではなかった。

翌日、再び叔母を尾行すると、今度は吉祥寺のラブホテルに入っていった。

別の男と、だ。

今度も三十代ふうの男だったが、自由業っぽい派手なシャツを着ていた。

その翌日も、そのまた翌日も、龍之介は叔母を尾行した。せずにはいられなかった。

渋谷、赤坂、六本木、と行き先は毎回違ったが、相手の男も毎回違った。けれども判で押したように、落ち合ってすぐにラブホテルに向かう。

（いったい、どういうことなんだよ……）

思いあまった龍之介は、叔母が風呂に入っている隙に、携帯電話を見てしまった。ある意味、バスルームをのぞくより卑劣なプライバシー侵害だという自覚はあったけれど、見ずにはいられなかった。

そして驚愕の事実を発見してしまう。

こんなメールがあった。

〈わたしは恥ずかしい女です。甥っ子と肉体の関係をもってしまいました。いけないことだってわかっているのに、どうしても欲求不満を我慢できなかった。甥っ子は童貞でした。わたしは罪深い女です。二度とこんなことをしないように、欲求不満を解

消していただきたいんです……〉

どうやら、出会い系サイトで知りあった見知らぬ男に宛てたようだった。

こんなメールのやりとりもあった。

〈甥っ子としたことで、体に火がついちゃったみたいなんです。彼は童貞だから、わたしを満足させてくれなかった。それを責めることなんてできませんけど……わたしの中の欲情が、生煮えでくすぶっているのも事実なんです〉

〈なるほどね、そういうあやまちはもう犯さないほうがいい。大人には大人の欲求不満の解消の仕方がある〉

〈わたし、未亡人なんです。いままで浮気なんて一度も……〉

〈変な言い方になってしまうけど、亡くなったご主人が羨《うらや》ましいですよ。あなたにそこまで愛されて。しかし、彼はもう、あなたの欲求不満を解消できない。少しくらい羽目をはずしても、天国にいる人は怒らないよ〉

〈そうでしょうか？〉

〈そうだよ。なるべく気持ちのいいセックスをしていたほうが安心するに決まってる。体の痙攣がいつまでもとまらないような……〉

〈やだ。わたし、濡れてきちゃった……でも、これだけは約束してください。お会いするのは一度だけ。一期一会《いちごいちえ》の関係じゃないと、のめりこんだら怖いから……〉

〈いいとも。こっちだって妻子もちだ。一度限りだと約束する〉

〈お願いします〉

〈それじゃあ、家からパンティを穿かないで待ち合わせ場所に来なさい。僕にどうやって抱かれたいか、電車の中でシミュレーションしながらね〉

〈やだ……すごい……興奮しそう……〉

龍之介は怒りに体を震わせながら携帯電話を閉じた。

（いやらしい……なんていやらしいことをしてるんだよ、叔母さん……これじゃあ……これじゃあ、ただのヤリマンじゃないかっ！）

いくら未亡人とはいえ、いくら欲求不満とはいえ、いくら甥っ子との関係に罪悪感を覚えているとはいえ、出会い系サイトで知りあった男と日替わりセックスはやりすぎである。色ボケになって、タガがはずれてしまったとしか思えない。

しかし、その一方で気になる指摘もあった。

〈彼は童貞だから、わたしを満足させてくれなかった〉というくだりである。

あのとき、自分でも情けなくなるくらいの早さで発射してしまった龍之介を、叔母はやさしく抱きしめてくれた。「気にしなくていいのよ」と甘くささやきながら、落ちこむ甥っ子の髪を撫でてくれた。

けれども、本心では違ったのだ。

せっかく欲求不満を解消しようと思って誘ったのに、これじゃあむしろ逆効果。セックスに対する渇望感が募っただけで、なにひとつ満たされなかった——それが偽《いつわ》りのない本音だったのだ。

（……情けない）

龍之介はおのれの不甲斐なさにギリギリと歯噛みするしかなかった。いくら童貞とはいえ、叔母が欲求不満なのはわかっていたことなのだから、一回戦が終わったら、すぐに二回戦、三回戦へと突入し、叔母が満足するまで続ければよかったのだ。しかし、遠慮してしまった。予想以上に早く出してしまったことで動揺し、そこまで欲望を剥きだしにできなかった。しておくべきだった。

だが、すべてはもはや後の祭りでる。

（ごめんなさい……ごめんなさい、叔母さん……）

自分のせいで貞淑な叔母のタガがはずれ、ヤリマンになってしまったと言っても過言ではないような気がした。責めることなどできそうもなく、龍之介は申し訳なさに目頭が熱くなってきて、ひとり部屋にこもってむせび泣いた。

2

八月最後の日曜日――。

龍之介は浅草にいた。花やしきという遊園地の前で、人が来るのを待っていた。

〈H保育園〉に子供を預けている、平尾咲恵《ひらおさきえ》という女性だ。

話は前日に遡《さかのぼ》る。

龍之介が保育園の前の道の掃除をしていると、

「ちょっといいかしら？」

咲恵に声をかけられ、裏の駐車場に連れていかれた。

「あのね、ちょっとお願いがあるんだけど、もしよかったら、明日の日曜日、麻理恵《まりえ》と一緒に遊園地に行ってくれませんか？」

麻理恵というのは、咲恵の二歳になる子供である。迎えにきたところだったので、いまも手を引いていた。

「えっ？　ええーっと……どういうことです？」

狼狽《うろた》える龍之介に、咲恵が答える。

「わたしと麻理恵とあなた。三人で遊園地に行ってほしいの」

「そ、それはいったいどうして……」

龍之介が狼狽えた理由はふたつある。

ひとつは、園児の送り迎えの際に毎日顔を合わせているけれど、咲恵と人間関係があるわけではないからだ。はっきり言って挨拶以外にまともな会話を交わしたことすらないのに、遊園地に誘ってくる理由がわからない

そしてもうひとつは、咲恵が〈H保育園〉に通う園児の母親のなかでも、特別に目立つ存在だからである。

年は三十になったかならないか。栗色のショートボブに、綺麗な卵形の輪郭をした顔。眼鼻立ちが整っていて、やや吊り眼がちなアーモンド型をした眼が印象的な美人だった。

しかし、特別に目立つ理由はただ美人であることより、彼女が漂わせているセレブな雰囲気によるところが大きい。園児の送り迎えは派手な外車で、髪やメイクの手入れには一分の隙もなく、着ている服はブランドものに詳しくない龍之介でもひと眼で高級品とわかるおしゃれさだった。首や耳、手首にしているアクセサリーには宝石がキラキラ光っているし、バッグは何十万もするものだと保母さんたちが噂をしているのを聞いたことがある。

要するに、絵に描いたような「裕福な人妻」なのである。

そんな彼女にいきなり声をかけられれば、田舎育ちの雑用アルバイトが狼狽えるのも当然だろう。

「実はね……」

咲恵は龍之介を誘った理由をこう語った。

「海外赴任している夫が、急な仕事で夏休みに帰ってこられなくなっちゃったの。でも、夫は次に帰ってきたとき遊園地に連れていくって約束したから、麻理恵が毎日グズっちゃって……」

「しかし、なにも僕みたいな男に頼まなくても……」

「わたし、半年前に名古屋から引っ越してきたばかりで、東京にはほとんどお友達がいないのよ。姑《しゅうとめ》が一緒に住んでるけど、高齢だから暑いなか連れだすのも悪いし……だからって、ひとりで子供連れて遠出したこともないから……」

咲恵はふっと笑って、バッグから高級ブランドのロゴが入った財布を出した。

「もちろん、タダとは言わないから。日当を出します」

「いや、それは……」

龍之介はあわてて首を横に振ったが、

「いいから。これ、取っておいて」

咲恵は財布から五千円札を抜きだすと、龍之介の手に握らせ、待ち合わせの場所と時刻を告げた。

「……ふうっ」

龍之介は派手な外車で去っていく咲恵母子を見送りながら、深い溜息をついた。

どうやら咲恵は、この保育園の正式な職員ではなく、暇をもてあましていそうな若いアルバイトなら、簡単に金で雇えると考えたらしい。たしかに、保母さんに頼んだりすれば、園長の許可だのなんだの、話がややこしくなることは必至だった。報酬も、五千円ではすまないかもしれない。

(まあ、暇なことは暇だから、べつにいいけど……)

日曜日は〈H保育園〉も休みだが、叔母はどうせ出会い系サイトで知りあった男と朝からデートである。甥っ子と犯したあやまちによって火がついてしまった肉欲を鎮《しず》めるため、見知らぬ男とセックス三昧《ざんまい》だろう。

ならば、遊園地で子供の世話でもしていたほうがいい。誰もいないがらんとした保育園で叔母の乱れる姿を想像して悶々としているよりは、五千円の臨時収入のために汗水流したほうが、はるかにマシに決まっていると思った。

ところが、

「ごめんなさい、お待たせしちゃって」

花やしきの前に日傘を差して現れた咲恵は、ひとりだった。袖のない白いニットに、淡いベージュのスカート。栗色のショートボブが風に揺れ、耳や首にはアクセサリーがキラキラ光っている。いつも以上にメイクやおしゃれに力を入れていることがひと眼でわかったが、子供を連れていない。

「あれ、麻理恵ちゃんはどうしたんです？」

「うん、それがね……」

咲恵は苦い顔で溜息をついた。

「今朝になって急に熱を出しちゃったから、置いてきたの」

「ええっ？」

龍之介の顔も苦く歪む。

「だったら、携帯にキャンセルの連絡くれればよかったのに……いいんですか？　熱出してる麻理恵ちゃんを放っておいて」

「大丈夫」

咲恵はふっと微笑んだ。

「熱っていってもたいしたことないから。姑が見ていてくれるから、心配しないで」

「いや、まあ……咲恵さんがそうおっしゃるなら……」

龍之介は苦笑するしかなかった。

息抜きがしたいんだろうな、と思った。

育児疲れ、海外赴任中の夫と離れている淋しさ、慣れない土地での姑との暮らし……ストレスはいろいろあるのだろう。子供を連れていない咲恵の表情からはなんとも言えない解放感が伝わってきて、それ以上なにも言うことができなかった。

(しかし、ずいぶん地味というか、渋い遊園地だな……)

日本最古の遊園地という花やしきは、なるほど古いだけあって、狭い敷地に詰めこまれた遊具がどれも迫力に欠ける造りだった。絶叫マシーンの類《たぐい》に乗ることを想定してきた龍之介は拍子抜けしてしまった。二歳児に絶叫マシーンは早すぎるという判断でここの遊園地をチョイスしたのかもしれないけれど、アトラクションに迫力がないだけでなく、全体的な雰囲気があまりに昭和テイストであり、セレブの匂いを漂わせている咲恵には似つかわしくない感じがした。

それでも咲恵は、

「ねえ、次はあれ乗ってみましょうよ」

と驚くほどゆっくり走るローラーコースターや、まったく怖くないお化け屋敷にキャアキャア言ってはしゃいでいる。日頃のストレスがよほど甚大なのか、あるいは根が無邪気な人なのか、普段はツンとすましているのに、笑うと可愛らしさが伝わってきた。双頬にできる笑窪《えくぼ》が、なおさらそんなことを思わせた。

(俺たち、いったいどんな関係に見えるんだろうな?)

咲恵は小柄なほうなので、踵《かかと》の高いミュールを履いていても眼の位置が同じくらいだった。それが救いと言えば救いだったが、恋人同士にしては年が離れすぎている。なにより、セレブの匂いをぷんぷん振りまいている彼女と、ジーパンにTシャツの二十歳では、お金持ちに嫁《とつ》いだ姉と、できの悪い弟という組みあわせがせいぜいだろうか。

「どう？　こういうレトロな遊園地も面白いでしょ？」

「ええ。意外にイケてますよ。田舎に帰ったら友達に自慢しよう」

しかし、咲恵につられてはしゃいだふりをしつつも、龍之介の想念は次第に花やしきから遠ざかっていった。

（いまごろ、きっと叔母さんは……）

くるくるまわるコーヒーカップの中で、今朝の叔母の姿が脳裏をよぎった。さりげない表情でそそくさと外出の準備を整えつつも、後ろめたさと密かな期待が入り交じった、淫靡な色香を隠しきれなかった。今日もまた、見知らぬ男とベッドの上で淫らな汗を流してくるのだと、匂いたつフェロモンではっきりと確信してしまった。

返すがえすも、もう少し頑張っておくべきだった。

精力には自信があるのだから、遠慮をせずに二回戦でも三回戦でも挑んでおけば、叔母だって出会い系サイトで男あさりなどせずにすんだのだ。居候中の甥っ子のセックス指導の名の下に、叔母の欲求不満だって解消されたはずなのである。

（いまごろきっと、ベッドでひぃひぃよがってるんだろうな……清楚な顔して、牝犬みたいに……）

アトラクションも大方まわり、園内の休憩所でビールを飲んでいるときだった。

「どうしたの、ぼうっとして？　さっきから溜息ばかりついてるわよ」

咲恵に声をかけられ、

「はあ……」

龍之介はぼんやりしたまま苦笑した。慣れない昼酒で酔ってしまったせいか、思考回路がすぐには元に戻らず、つい本音を吐露してしまう。

「女の人の性欲って、恐ろしいですねえ……」

「はあっ？」

咲恵が驚愕に眼を丸くする。

「性欲って……龍之介くん、いったいなに考えてたわけ？」

「あっ、いや、違うんです……」

龍之介はあわて首を横に振った。

「咲恵さんのことじゃありませんよ。ええ、誓ってそうじゃありませんから」

「じゃあ誰のことよ？」

咲恵が険しい表情で訊ねてきたので、

「いや、それは……」

龍之介は困惑した。咄嗟《とっさ》に嘘をつく術もなかった。

「叔母さんの……ことなんですが……」

「園長先生？」

「……はい」

「園長先生の性欲が、どうして恐ろしいのよ？」

「あっ、いや……」

龍之介は泣きそうな顔になった。ここで話をやめたりしたら、叔母と甥っ子の禁断の肉体関係を勘ぐられてしまいそうだ。

「絶対に黙っててくださいよ」

「ええ、いいわ」

咲恵は身を乗りだしてきた。

「でも、わたしだって大事な娘を預けている保育園のことだもの。ちょっとは知る権利があるでしょう？」

「いや、その……そういうふうに言われちゃうと困っちゃうんですけど……」

龍之介は残っていたビールを一気に喉に流しこんだ。

「ご存じかもしれませんが、叔母は四年前にご主人を亡くしまして……」

「うん」

「再婚せずにひとりで生きていくことに決めたらしいんですが……」

「立派よね。わたしだったらとても無理」

「しかし、その……ひとりで生きていくことに決めはしたものの、やはりひとり身はとても淋しいらしく……」

「心が、じゃなくて、体が、ね？」

「ええ、ええ。そうなんです」

「それで？」

「どうやら……出会い系に……嵌ってるらしくて……」

「嘘」

咲恵ますます大きく眼を見開き、息を呑んだ。

「園長先生、ああ見えてなかなかやるじゃないの……」

「軽蔑しないでくださいね」

龍之介は焦った顔で言葉を継いだ。

「くれぐれも、そんな保育園に娘を預けられないとか言いださないでくださいよ。事を荒立てるようなことは……」

不安な面持ちで訊ねたが、咲恵の反応は意外なものだった。

「どうして軽蔑しなくちゃいけないのよ」

「……へっ？」

「未亡人暮らしが三年にもなれば、欲求不満をもてあまして当然じゃないの。わたしだったら、一年ともたないわね」

「そういうものなんですか？」

「そうよう」

咲恵はどういうわけか、怒ったように頬をふくらませた。

「人間は一年中発情期なんて言われてるけど、正確には男と女にはしたい盛りの時期が違うの。男がいちばんしたいのは十代から二十代にかけて、女は三十代から四十代にかけて……」

「へえぇ……」

龍之介は驚いた。たしかに熟女には欲求不満のイメージがないこともないが、こうまではっきり言われたことはない。

「その時期の違いがすべての悲劇の元なわけよ」

咲恵は訳知り顔で続けた。

「たとえば二十代で結婚したとするでしょ。そのころはたいがい、男が積極的で女は消極的なものよ。で、十年も一緒に住んでいると、ベッドのあれこれもマンネリ化してきて気がつけばセックスレス……でもね、そのとき女は、人生でいちばん欲望をもてあましてるの。したくてしたくて体が毎晩夜泣きしちゃうくらい。だからどんな貞淑な女だって、誘惑に負けてしまっても責められないと思うな。園長先生の気持ち、わたし、痛いほどよくわかる……」

言いながら、咲恵の眼はねっとりと潤んでいった。

「ねえ？」

「はい」

潤んだ瞳で見つめられ、龍之介の心臓はドキンとひとつ跳ねあがった。

「ビール、もう一杯飲む？」

「え、ええ……」

龍之介がうなずくと、咲恵は席を立ってそそくさと売店に向かっていった。

3

（おいおい、本当に入っちゃったよ……）

ラブホテルの玄関に足を踏みいれながら、龍之介は胸底でつぶやいた。隣には咲恵がいる。酔いに赤らんだ顔を恥ずかしそうに伏せている。

花やしきの休憩所で、彼女は結局、生ビールを五杯飲んだ。酒が強くない龍之介は二杯にしておいたが、咲恵は飲みだしたらとまらないタイプのようだった。酔うほどに、三十代女性の欲求不満について語った。最初は出会い系サイトに嵌っている叔母を擁護していたが、やがて自分の境遇に対する愚痴へと移っていった。

「結局ね、うちの人なんかもなんにもわかっていないのよ。そういう、男女間の肉体的な差が……」

「うちの人ってご主人ですか？」

「決まってるでしょ。わかってたら、無理にでも休みをとって帰ってくるはずよ。娘のためじゃなくて、わたしのために」

「でも、その……ご主人が海外で頑張って働いているからこそ、奥さんが裕福な生活をできているっていう側面もあるんじゃ……」

「わかったようなこと言うんじゃないわよ。生意気な口をきくんだったら、もっと飲ませるわよ」

「あのう、まだお昼前なんですけど……」

「だったらなんだっていうのよ。主婦にだって……ううん、いつもは籠《かご》の鳥の主婦だからこそ、お昼前に酔っぱらいたいことだってあるわけよ。ビール、もう一杯おかわりしてこよう」

「いや、ちょっと待ってください」

さすがに酔いすぎだと、椅子から立ちあがろうとした咲恵の腕をつかんだ。

「ちょっと休憩しましょう。ね、休憩」

「休憩ですって。いやらしいわね」

「べつにいやらしくは……」

「いやらしいでしょ」

咲恵は龍之介の手を払い、

「あそこで休憩したいって、あなた、そう言いたいんでしょ?」

と眼の前のビルを指差した。レストランやゲームセンター、占いスペースなどが入ったアミューズメントビルである。

いったいどこがいやらしいのか訳がわからなかったが、ビルの中に入れば冷房も効いているだろうし、咲恵の酔いも覚めてくれるかもしれない。

「いいですよ、じゃああそこで酔い覚ましに休憩しましょう」

龍之介がうなずくと、咲恵はどういうわけか絶句して息を呑んだ。急に真っ赤になって、恥ずかしそうに眼を伏せた。龍之介はどう対応していいかわからなくなり、三十秒ほど気まずい沈黙がふたりの間に流れた。

「……行きましょう」

咲恵が立ちあがり、龍之介もそれに倣《なら》うと、手を握られた。驚いて眼を丸くした龍之介を引きずるようにして歩きだした。しかし、どういうわけか、アミューズメントビルなど眼もくれず出口に向かっていく。

（どこに行くんだよ、いったい……）

龍之介は困惑するばかりだったが、どうにも咲恵になにかを訊ねる雰囲気ではなく、ただ黙って従うことしかできなかった。

咲恵が入っていったのは、出口から徒歩一分のラブホテルだった。

つまり咲恵は、「あそこで休憩しましょうか」とラブホテルの看板を指差していたのである。子供が遊ぶ場所にもかかわらず、花やしきには園内から見える至近距離にラブホテルが建っていた。

（これが……ラブホってやつなんだな……）

龍之介は狭い室内を見渡して息を呑んだ。

存在は知っていたものの、入るのはもちろん生まれて初めてである。

十畳に満たない絨《じゅう》毯《たん》敷きの洋室に、巨大なベッドやラブソファ、冷蔵庫などが所狭しと詰めこまれている。ただのホテルではなく、セックスをするための空間であることが、ひしひしと伝わってくる。灯りはダークオレンジの淫靡な間接照明。窓は嵌《は》め殺しで外を見ることはできないが、眼の前に花やしきのアトラクションがあるようで、時折客の歓声が聞こえてきた。

(欲求不満、ってことなんだろうな、やっぱり……)

龍之介は心臓が怖いくらいに高鳴っていくのを感じながら、咲恵を横目でチラリと見た。自分から誘ってきたようなものなのに、やはり恥ずかしそうにうつむいたまま所在なさげに立ちすくんでいる。

龍之介はどうしていいかわからなかった。

咲恵にその気があるのはあきらかだったが、なにしろ経験不足なので、スマートにベッドに誘うことができない。密室にふたりきりという緊張感ばかりが全身にのしかかってきて、金縛りに遭ったように指一本動かない。

「……ねえ?」

咲恵がうつむいたまま言った。

「わたしのこと軽蔑してる？　夫も子供もいるのに、若い男の子とこんなところに入ったりして……」

「いえ……」

龍之介は恥ずかしいほど上ずった声で言った。

「ご主人やお子さんがいる主婦だって、時には息抜きが必要だと思います」

なんて適当なことを言ってるのだろうと思いつつも、きっぱりと断言した。

「そう……」

咲恵は安堵の溜息をひとつつくと、身を寄せてきた。部屋に入ったときにミュール
からスリッパに履き替えていたので、顔の位置が水平に並んだ。香水や化粧品の匂い
がした。やや鼻につくが、大人の女を感じさせるセクシャルな匂いである。

「犯して」

咲恵がささやいた言葉に、龍之介は仰天した。

「お、犯して？」

「うん……」

咲恵はねっとりと潤んだ瞳で見つめてきた。

「わたし……男の人に乱暴にされるのが好きなの……乱暴っていうか、めちゃくちゃ
にされたいの……龍之介くん、小柄だけどなにかスポーツやってたでしょ？　格闘技
とか？　この胸板見ればわかるもの」

Tシャツの上から筋肉の隆起を撫でてくる。

「じゅ、柔道を少々……」

「やっぱり。じゃあ、寝技でわたしのことをひいひい泣かせて……わたし、こう見え

てベッドじゃ男の人に支配されたいタイプなの……」

「あ、いやっ……」

龍之介は頬をひきつらせた。ふたりきりになった途端、いきなり「犯して」などと言いだした人妻に圧倒され、言葉も出てこない。柔道の寝技で女をひいひい言わせられれば苦労はしないが、童貞に毛が生えたような経験値では欲求不満の人妻を押し倒すこともままならない。龍之介が戸惑っていると、

「……ごめんなさい」

咲恵が上目遣いで謝ってきた。

「犯してほしいなら、まずわたしからご奉仕しなくちゃね。忠誠を尽くすところを見せないとダメね……」

「えっ……」

龍之介はひきつった頬をさらにこわばらせた。咲恵が片膝を立ててしゃがみこみ、ベルトをはずしてきたからである。オーシャンブルーのネイルが輝く美しい手で、ジーパンのファスナーまでおろしてくる。

「な、なにを……なにをするんです……」

焦る龍之介を尻目に、咲恵はブリーフごとジーパンを膝までさげた。剝きだしにされたペニスがむくむくと鎌首《かまくび》をもたげ、みるみるうちに臍を叩く勢いで反り返った。

「まあ、立派」

咲恵が眼を丸くする。

「お口に入らなそうなくらい大きいじゃないの……」

「あ、あのう……」

龍之介は上ずりきった声を出した。

「ちょっと待ってください。シャワー浴びてきますから……」

暑いなか遊園地で遊んでいたし、ビールを飲んだのでいつもより汗をかいている。

ブリーフをめくられた瞬間、自分でも顔をしかめたくなるくらいの男性ホルモン臭がたちのぼってきた。

「なによ、無粋《ぶすい》なこと言わないで」

咲恵は澄ました顔で首を振り、そそり勃《た》ったペニスに細指を添えた。亀頭に顔を近づけ、くんくんと鼻を鳴らした。

「ああっ、いい匂い……獣の牡の匂いがする……」

ピンク色の舌を差しだし、躊躇うことなく亀頭を舐めはじめた。ねろり、ねろり、と動く舌が、亀頭にみるみる唾液の光沢を与え、先走り液を絞りだす。

「ううう……」

龍之介が真っ赤になって首に筋を浮かべると、

「気持ちいい？」

咲恵は上目遣いで訊ねてきた。

「は、はい……」

「じゃあ、もっと気持ちよくなって。オチ×チン大きくして、わたしのことを、犯して……ぅんあっ！」

赤い唇を割りひろげ、ペニスを咥えこんできた。生温かい口内粘膜が亀頭を包みこみ、ぬめぬめした唇の裏側がカリのくびれにぴっちりと密着する。うぐうぐと鼻奥で悶えながら頭を振り、亀頭を舐めしゃぶる。そうしつつ、根元も細指でしごきだす。

「おおおっ……」

龍之介の両脚は瞬く間にガクガクと震えだした。叔母のフェラチオも気持ちよかったけれど、咲恵はもっと濃厚だった。舐めしゃぶり方が、ねっとりしている。口の中でせわしなくうごめく舌の感触が、卑猥すぎる。

さらに唾液の分泌量が尋常ではなかった。

やがて唇をスライドさせはじめると、じゅるっ、じゅるるっ、といやらしい音をたて、唾液ごとペニスを吸いたててきた。唾液の効果は恐るべきものだった。中があまりにも濡れているので、ペニスを挿入している場所が、口ではなく蜜壺のように感じられてくる。

「むむっ……むむむっ……」

龍之介は両手で咲恵の頭をつかんだ。そんなことをしていいのかどうかわからなかったが、腰を動かしてずぶずぶと口唇を穿った。ペニスの根元まで深々と咥えこませると、咲恵はつらそうに眉根を寄せ、卵形の美しい顔をみるみる真っ赤に染めていった。

（まずいか……）

龍之介は咲恵の頭を押さえた手から力を抜いたが、咲恵は逃げなかった。むしろ、みずからさらに深く咥えこんできた。陰毛に顔を埋めながら、唇で根元をぴっちりと包みこんだ。と同時に、喉の奥で亀頭のほうも締めあげてきた。亀頭がキュウキュウと刺激される。

「おおっ……おおおおっ……」

男性器官の先端と根元を同時に締められ、龍之介はだらしない声をもらした。あまりの快感に耐えられなくなり、咲恵の頭をつかんで口唇から抜こうとするが、唇の裏側がカリのくびれまでくると、咲恵は再び深く咥えこむ。龍之介が抜く。咲恵が咥えこむ……その動きがリズムを生み、龍之介はいつしか、腰を動かしてピストン運動を送りこんでいた。セレブな人妻の顔ごと犯すような勢いで、口唇をずぼずぼと穿ち、たまらない快感に腰と膝をわななかせてしまう。

「ダ、ダメですっ……」

泣きそうな顔で首を振った。

「このままじゃ……このままじゃ、出ちゃいます……」

だが、それでも咲恵はペニスを咥えこんだまま離さない。眉間の皺は深くなっていくばかりで、ほとんど涙目になっているのに、さらに深く咥えこもうとする。ピストン運動の勢いを使って、顔を陰毛に埋めこんでくる。

「おおおっ……ダメですっ……もうダメえええええっ……」

ペニスが喉奥に吸いこまれてしまいそうな感覚に、龍之介は我慢の限界に達した。

「おうおうっ……出るっ……もう出るっ……」

真っ赤になった顔をくしゃくしゃにし、ドピュッと男の精を吐きだした。つもりだった。だがその瞬間、吐きだす勢いより強く、咲恵が吸ってきた。煮えたぎる欲望のエキスが、いつもの倍以上のスピードで尿道を駆けくだっていき、ペニスの芯が焼けつくほどのすさまじい快美感が襲いかかってくる。

「おおおっ……おおおおおっ……」

龍之介は咲恵の頭をつかんで天を仰ぎ、長々と射精を続けた。腰と膝が怖いくらいに震えていた。オナニーともセックスとも違う峻烈《しゅんれつ》な放出感覚に翻弄《ほんろう》され、気がつけば精を吐きだしながら熱い涙を流していた。

4

「つんあっ……」

口唇からペニスを抜いた咲恵は、口から糸を引いてあふれだしたものを手のひらで受けとめた。唾液と精液が混じりあい、白濁した粘液は、人の口から出てくるものにしては異様なほどに卑猥だった。

「……たくさん出たね」

咲恵に上目遣いで笑いかけられ、

「ううう……」

龍之介は唇を嚙みしめた。恥ずかしかったからだ。まだ咲恵は服さえ脱いでいないのに、やすやすと口腔奉仕で射精に導かれてしまうとは……。

しかし、落ちこんでいる場合ではない。

幸いというべきか、あれほど大量の精を吐きだしたにもかかわらず、ペニスはまだ硬さを保ち、臍を叩く勢いで反り返ったままだった。射精後の気怠《けだる》さもあるにはあったが、それを凌駕するほどの欲情がこみあげてきている。

（叔母さんのときと同じ失敗をしたら馬鹿だ……馬鹿だぞ……）

経験不足ゆえ、早く出してしまうのはしかたがない。しかし、こちらには若さがある。無尽蔵のエネルギーがある。何度でも挑みかかって、眼の前の人妻を満足させるのだ。

龍之介は、膝にからみついているジーパンとブリーフを脚から抜いた。Tシャツも脱いで全裸になると、

「こっちへ……」

咲恵の手を取ってベッドに横たえた。

「大丈夫なの？　少し休憩しなくて……」

咲恵が眉をひそめて訊ねてきたが、

「大丈夫ですよ」

龍之介は鼻息も荒く答えた。

「こんな綺麗な人に『犯して』なんて言われて、休憩なんてしてられません……」

どうやら、一発出したことで少し落ち着くことができたらしい。甘い褒め言葉が自然と口から出ていった。

「まあ……」

咲恵は恥ずかしそうに頬を赤く染めた。龍之介はその頬を手のひらに包み、唇を重ねていく。

「……ぅんんんっ！」

先ほどまで自分のペニスを咥え、吐きだした白濁液を吸った唇だったが、汚いなどとは微塵《みじん》も思わなかった。それよりも、ペニスで感じたいやらしすぎる舌使いを味わいたくて、すかさず舌を差しこんでいく。ネチャネチャと音をたてて、舌と舌とをからめあわせる。

「んんんっ……情熱的なキスね？」

咲恵の瞳が潤み、眼の下がぼうっと上気してくる。

「乱暴にされるのが好きって……どんなふうにされたいんですか？」

龍之介は白いニットの上から胸のふくらみをすくった。見た目からでも豊満さは伝わってきたが、手にしてみると大きいというより、砲弾状に迫りだしていた。撫でまわし、ぎゅっと指を食いこませると、

「んんんーっ！」

咲恵はせつなげに眉根を寄せ、

「好きにしていいわよ……あなたの好きに……」

細めた眼をどんどん潤ませていく。

龍之介にはアイデアがあった。服を着せたまま、咲恵と繋がりたいと思った。もっと正確に言えば、イヤリングやネックレス、時計やリングが漂わせている、いかにも

セレブな人妻ふうの格好のまま、恥ずかしいポーズをとらせてみたかった。

「あんっ……」

白いニットをめくりあげると、ベージュのブラジャーが露わになった。ベージュと言っても生活感が漂っている感じではなく、つやつやと光沢のある生地に金色の刺繍《ししゅう》が散りばめられていて、ゴールドベージュとでも表現したほうがよさそうだ。

「綺麗な下着ですね？」

龍之介がカップの上から撫でまわすと、

「んんんっ……下着におしゃれするのが、本当のおしゃれなんだから」

咲恵は悶えながら得意げに鼻をもちあげた。

たしかにそうかもしれない。とびきりのお菓子はとびきりの包装紙に包まれていたほうが、食べるときの気分も高まる。龍之介は我慢できなくなり、咲恵の背中に両手をまわし、ブラジャーのホックをはずした。

「見ますよ……見ちゃいますよ……」

カップを強引にずりあげて、胸のふくらみを露わにしたが、

「えっ……」

龍之介は一瞬、凍りついたように固まってしまった。胸のふくらみがふくらんでいなかったのだ。いや、いちおうふくらんではいるのだが、サイズにすればＡかＢの

「貧乳」と言ってもいい乳房だった。

「そんな眼で見ないで……」

咲恵が両手で自分の胸を抱きしめる。

「そりゃあね、ちっちゃいおっぱいだけど……普段はブラにパット入れて誤魔化してるけど……そんなあり得ないみたいな眼で見られると、わたし……」

「べつにそんなこと……」

龍之介は必死に表情を取り繕い、咲恵を見つめた。

「そんなこと、思ってませんから……」

首を振りながら咲恵を手を取り、再び双乳を露わにする。たしかに小さかった。小さすぎた。顔立ちが美しくスタイルもいいので、逆に貧乳がひどく目立つのだ。

しかし、落胆していたばかりではない。

龍之介は興奮していた。いつも自信満々な咲恵が見せた、羞《は》じらいとコンプレックスにまみれた表情が、たまらなくそそったからだ。セレブな人妻に対して、上から目線で渡りあえそうな気がした。

「小さなおっぱいって、感度がいいんでしょう？」

咲恵の両手をつかんだまま、顔を双乳に近づけていく。赤みの強い干しぶどうのような乳首が、視線を感じて物欲しげに尖りはじめる。

「やっぱりそうなんですか？　感じやすいんですか？」

舌を伸ばして、ねろりと乳首を舐めると、

「あぁあああーっ！」

咲恵は悲鳴をあげた。質問に対する答えはなかったが、その反応がすべてだった。ねろり、ねろり、と乳首を舐めるほどに、悲鳴をあげて激しく首を振る。栗色の髪が乱れ、イヤリングやネックレスが跳ねあがる。

「むううっ……むううっ……」

龍之介は鼻息を荒げて乳首を舐めた。見られただけで疼いていたその部分は、舌の刺激を受けてみるみる淫らに尖りきり、唾液の光沢を纏ってルビーのように赤々と輝きはじめた。

舐め転がしては、吸った。

甘嚙みまでして刺激してやると、乳首はもげ落ちてしまいそうなくらい、大きくふくらんでいった。

「ああっ、いいっ！　いいぃいいいいっ……」

貧乳は敏感という説はあながち嘘ではないらしく、咲恵はふたつの乳首を責めているだけで、美貌を歪めて、耳や首筋まで生々しいピンク色に染めていった。

（すごい感度だ……それともやっぱり、欲求不満が積もり積もって……）

いずれにしろ、性感のスイッチが入ってしまったことは間違いなさそうだった。この先どこまで淫らに乱れていくのか、想像するだけでぞくぞくしてくる。

先を急がずにはいられなくなってきた。

龍之介は、いやらしいほど尖りきった乳首を舌先で舐め転がしながら、右手を下肢へ伸ばしていった。

淡いベージュ色のスカートをまさぐり、手指を忍びこませていく。夏なのでストッキングは穿いていなかった。太腿の肌は絹のようになめらかで、けれどもじっとりと汗ばんでいる。

スカートをめくった。

逞しいほどむっちりと張りつめた太腿と、股間にぴっちりと食いこんだパンティが龍之介の眼を奪う。

(うわあっ……)

パンティはブラジャーと揃いのデザインで、つやつやと光沢のあるベージュの生地に、金色の薔薇が刺繍され、サイドにはレースがあしらわれていた。いかにもゴージャスなデザインだったが、それよりもこんもりといやらしく盛りあがったヴィーナスの丘に視線を奪われる。驚くほどに小高い丘だ。

指ですりすりと撫でさすると、

「くぅうっ……」

咲恵は赤い唇の間から、食いしばった白い歯列をのぞかせた。

5

(すごい熱気だ……)

ヴィーナスの丘に触れている指が、ねっとりと湿っぽい熱気を察知し、龍之介は指を尺取り虫のように動かして、その下にある女の部分を目指した。

「ああんっ……いやんっ……」

咲恵が羞じらって身をよじる。むっちりと逞しい太腿をこすりあわせて、指の侵入を妨げようとする。

(むむっ、チクショウッ……)

龍之介の額には汗が滲んできた。強引に股布まで触れそうなものなのに、太腿が逞しすぎて、なかなか入っていけない。

ならばと上体を起こし、咲恵の脚のほうに移動した。

膝をつかんで、両脚を強引に割りひろげていく。

「いっ、いやあああっ……」

咲恵は悲鳴をあげたけれど、そこまですればもう抵抗はできない。赤ん坊のオムツを替える格好にすると、スカートがまくれ上がり、股間にぴっちり食いこんだパンティが露わになった。

「おおおっ……」

龍之介は思わず声をもらしてしまった。

股布にコインサイズのシミができていたからだ。ゴールドベージュのつやつやした生地がどす黒く変色し、女の匂いが漂ってきたのだ。

「むううっ……」

鼻を押しつけ、くんくんと匂いを嗅いだ。先ほどのお返しのつもりだった。晩夏の遊園地で半日を過ごしたパンティの中は、ひどく蒸れているようだった。布越しにもかかわらず、濃密すぎる発酵臭が鼻腔の奥へ流れこんできた。

「ああっ、やめてっ……嗅がないでっ……そんなところの匂いをっ……」

咲恵はいやいやと身をよじったが、

「さっきは自分だって嗅いでたじゃないですか」

龍之介はかまわず鼻を鳴らし、熟れた人妻の放つ恥ずかしい匂いを嗅ぎまわした。嗅ぐほどに欲情が揺さぶられ、両脚をM字に開く手に力がこもる。むっちりと逞しい太腿が完全に裏返ると、ミルクを溶かしこんだような素肌の白さが眼にしみた。

「むううっ……むううっ……」

すぐに匂いを嗅いでいるだけでは満足できなくなり、シミの上から舌を這わせた。獣じみた匂いの源泉が舌に染みこんできて、頭が真っ白になった。我を忘れて夢中で舐めまわした。気がつけばパンティの股布は唾液でぐっしょり濡れまみれ、女の割れ目の形状を浮かびあがらせていた。

「ああっ、いやらしいわ、龍之介くんっ……」

咲恵がハアハアと息をはずませる。

「若いくせに、そんなねちっこい愛撫してっ……ああっ、おかしくなっちゃいそうだから、早く脱がせてっ……」

龍之介はうなずいた。

しかし、すぐにパンティを脱がせてしまうのはうまくない。できることなら、服や下着やアクセサリーを残したまま、「セレブな人妻」を抱きたいのだ。

股布に指をかけ、片側にめくり寄せていった。

黒い艶光りを放つ繊毛がチョロチョロと現れて、動悸が激しくなる。興奮のためか、繊毛がすべて逆立っている。

さらにめくり寄せていくと、くすみ色の肌が顔をのぞかせ、アーモンドピンクの花が咲いた。

「ああああっ……」

蒸れむれになった敏感な部分に新鮮な空気を浴び、咲恵があえぐ。あえがずにいられないことは、見た目からでも生々しく伝わってくる。

アーモンドピンクの花びらが縮れながら縦に裂け、薄桃色の粘膜が露出していた。まだほんのわずかにのぞいているだけだったが、涎じみた発情のエキスをしとどにあふれさせ、肉層の隙間から練乳状に白濁した粘液まで滲ませている。

（これは……これは本気汁？）

女が本気で興奮すると、透明な蜜だけではなく、白濁した粘液まで滲ませることがあるという。これはその本気汁現象だろうか？　きっとそうに違いないと、見るほどに確信は深まっていく。それにしても、まだパンティ越しに舐めただけだった。いったいなんという欲求不満ぶりだろうか。

ふうっと息を吹きかけると、

「はぁああああっ……」

それだけで咲恵は長く尾を引く悲鳴をあげ、ビクン、ビクン、と腰を跳ねさせた。割れ目にねろりと舌を這わせれば、

「あぁうううぅーっ！」

歓喜に歪んだ声をあげ、右に左に顔を振る。栗色のショートボブがざんばらに乱れ、

キラキラと輝くイヤリングやネックレスがセレブな光を乱射する。

「むううっ……むうううっ……」

龍之介は荒ぶる鼻息で逆立った恥毛を揺るがせながら、女の割れ目を舐めまわした。薄桃色の粘膜に舌を這わせ、花びらを口に含んでしゃぶりあげ、肉の合わせ目にあるクリトリスを舌先でねちねちと転がしていく。

「はぁああっ……はぁああああっ……はぁああああああーっ！」

咲恵のあえぎ声は一足飛びに甲高くなり、切羽詰まっていった。舌を尖らせて穴を穿つと、ひいひいと喉を絞って悶え泣き、恥ずかしいM字開脚に押さえこまれた四肢をねじきらんばかりに身をよじった。

「ああっ、ダメッ……もうダメッ……」

やがて、ねっとりと潤みきった瞳を向けて哀願してきた。

「もう我慢できないっ……ちょうだいっ……龍之介くんのオチ×チンッ……逞しいオチ×チン、わたしにちょうだいっ……」

「……は、はい」

龍之介は真っ赤に上気した顔でうなずいた。今日は是が非でも正常位で女体を貫きたかったので、咲恵に覆い被さっていった。叔母とのときは騎乗位で向こうから結合された。初めての体位でうまく挿入できる自信はなかったけれど、やらなければならない。それが今後女をベッドでリードできるための第一歩となるのだ。

「むうう……」

勃起しきったペニスを濡れた花園にあてがうと、亀頭にぬるりとした感触が襲いかかってきた。それだけで気が遠くなりそうになった。ペニスが思いだしているのだ。会心の射精を与えてくれた女の蜜壺の感触を、細胞レベルで記憶していて、それを思いだして興奮しきっているのだ。

「い、いきますよ……」

ささやくと、咲恵はうなずくかわりに眼を閉じた。眉根を寄せた祈るような表情で、その瞬間に期待を高めている。

龍之介はぐっと腰を前に送りだした。

ずぶりっ、と亀頭が濡れた柔肉の海に沈みこむ感触がすると、そのまま一気に押しこんだ。ぬめぬめした肉ひだが、いっせいにおのが男根にからみついてきた。やはり、似ているように思えても口唇とはまるで感触が違った。ずぶずぶと奥に入っていくほどに、眼もくらむような愉悦が襲いかかってくる。

「はっ、はぁおおおおおおおーっ！」

ずんっ、と最奥を突きあげると、咲恵が獣じみた悲鳴をあげてしがみついてきた。

龍之介も抱擁で応える。いま亀頭があたっているところに、なにか秘密がありそうだった。いちばん奥にあるコリコリしたものは、おそらく子宮だ。腰を動かし、それを突いた。渾身の思いでずんずんと衝撃を与えてやると、

「はぁおおおっ……いいっ！　いいわあっ……犯してっ……もっと犯してっ……」

腕の中で咲恵は激しく身をよじった。服から女の恥部だけを露わにした格好で、我を忘れたように四肢をくねらせる。

「いいんですか？　ここがいいんですか？」

ずんっ、ずんっ、と反動をつけて子宮を突きあげる。我ながらぎこちない腰の使い方だったけれど、次第に様になっていった。

咲恵が下から腰を使ってきたからである。身をくねらせ、腰をグラインドさせて、龍之介の直線的な突きあげを受けとめてくれた。咲恵が動いてくれたことで、摩擦感がぐっとあがった。ピストン運動というものは、突くときよりも抜くときのほうが気持ちいいのだと知った。興奮に張りだしたカリのくびれに、濡れた柔肉がからみついてくる。それを振り払うように逆撫でしていく快感がたまらない。

（これが……これがセックスか……）

龍之介は生まれて初めて女を抱いている気分に浸っていた。叔母とのときは、まるで騎乗位で犯されているみたいだった。しかしいまは、犯している。勃起しきった男根で熟れた女体を犯し抜いている。

「ああっ、もっとっ！　もっとよっ！　もっと突いてえええええっ……」

咲恵の哀願に応えて、龍之介は連打を放った。呼吸をとめ、女体が浮きあがるほどに突きあげた。むっちりと逞しい太腿が、パチンッ、パチンッ、と渇いた音をたてる。濡れた蜜壺から、ぬんちゃっ、ぬんちゃっ、という粘りつくような肉ずれ音が聞こえてくる。

「むううっ……むうううっ……」

龍之介は真っ赤な顔で咲恵を見た。不意に密着感が高まったからだ。

「す、すごいですよっ……すごい締まってますよっ……」

「ああっ、イキそうなのっ……イッちゃいそうなのっ……」

咲恵も涙目ですがるように見つめてくる。

「ねえ、イカせてっ……このままっ……このままっ……はぁおおおおおおおーっ！」

龍之介がストロークのピッチをあげると、咲恵はもはや言葉を継ぐことができず、悲鳴をあげて背中を弓なりに反り返していった。乱れた服を纏った体をこわばらせ、けれども蜜壺の締まりだけはいや増し、怖いくらいの一体感が訪れる。

「むむむっ……」

龍之介は唸った。先ほどフェラチオで一度放出していなければ、とても射精をこらえきれなかっただろう。まるで男の精を吸いだすような蜜壺の動きに、翻弄されきっていた。突いても突いても、さらに奥へ奥へと引きずりこまれていく。

「はぁあああーっ！　ダメダメダメッ……もうダメッ……イクッ！　わたし、イッちゃううううーっ！」

こわばっていた咲恵の体が、ビクンッ、ビクンッ、と跳ねあがった。五体の肉という肉を躍らせて、喜悦の極みで激しくもがく。

（これが……これが女の絶頂？）

あまりに激しく動く女体を必死になって抱きしめながら、龍之介は驚嘆していた。それはいやらしさや卑猥さを超えた、生の謳歌《おうか》だった。汗にまみれ、顔をくしゃくしゃにして恍惚《こうこつ》をむさぼる咲恵の姿は、びっくりするほど淫らだったけれど、同時にたまらなく美しかった。

もちろん、そんなことを考えていられたのは、ほんの束の間のことだった。アクメに達した蜜壺がぎゅうぎゅうと男根を食い締め、ざわめく肉ひだがカリのくびれにからみついてきて、間もなく龍之介も我慢の限界に達した。

「おおおおっ……出ますっ……出ちゃいますっ……」

激しく悶える咲恵の体にしがみつき、腰を振りたてた。最後の何往復かは、自分でも男らしく腰を使えたと思った。

「おおおおっ、出るっ！　もう出るっ……おおおおおううううーっ！」

いままでいちばん深く突きあげて、ドピュッと出した。煮えたぎる欲望のエキスを、女体の中心にドクドクと注ぎこんだ。

「はぁあううう……はぁうううう……」

「おおおおおっ……おおおおおっ……」

歓喜に高ぶる声をからめあわせ、身をよじりあった。射精は驚くほど長々と続いた。出しても出しても、あとからあとからこみあげてきて、ピストン運動がやめられない。あさましいほど腰を振りたて、最後の一滴まで絞りだしていく。

「くぅううっ……壊れるっ……壊れちゃううううっ……」

「おおおっ、出るっ……まだ出るうううううううっ……」

やがてすべてが終わった。

咲恵と並んで仰向けになり、ハアハアと息をはずませて天井を見上げながら、龍之介は呆然としていた。これがセックスの醍醐味なのかと思った。叔母にまたがられて早々に放出してしまったときにはわからなかったことが、いまならよくわかった。

隣で息をはずませている咲恵を見る。

呼吸は苦しそうでも、汗まみれのその顔には、満ち足りたものが浮かんでいる。

(叔母さん、ごめん……)

射精後の気怠い余韻に浸りながら、龍之介は心の中で叔母に謝った。たしかにあのときのセックスでは、叔母はまったく満たされず、不完全燃焼の欲望ばかりをもてあますようになったに違いない。出会い系サイトで男をあさるようになっても、しかたがなかったかもしれない。

第四章　今日は癒してあげる

1

キイ、キイ……とボロ自転車の錆《さ》びたペダルを鳴らして、龍之介は川べりの道を走っている。

〈H保育園〉から三十分ほど走ったところにある、園児の家に行ってきた帰りだった。母親が急病で迎えにこれなくなったので、送り届けにいったのである。クルマならすぐの距離なのだが、生憎《あいにく》龍之介はまだ免許をもっていない。チャイルドシートの付いた重い自転車を漕《こ》いでいると、全身から汗が噴きだしてきた。九月に入っても、東京はまだ厳しい残暑の真っ只中だった。

（ホントにのどかなところだよなあ……）

途中、土手に寝ころんで休憩した。眼の前を悠々《ゆうゆう》と流れていく川の景色も、むっとする草いきれも、東京という感じがまるでしない。住所で言えば間違いなく東京なのに、田舎とさして変わりのない雰囲気に溜息がもれる。

東京にいられるのもあと二週間弱。

大学の夏休みは長いけれど、さすがに九月後半には授業が始まる。

（二十歳の夏も、これで終わりか……）

東京に来て、成し得たことと、成し得なかったことを秤《はかり》にかけた。

童貞を捨てることができたのは、間違いなくこの夏最大の成果だろう。

しかし、肝心な相手が叔母と人妻というのは、当初の予定からは大きくはずれてしまった。清楚な叔母の淫乱さはすごかったし、セレブな人妻である咲恵によってセックスに開眼できたので、悪い思い出ばかりではないが。

それでもやはり、手放しでは喜べなかった。

残念な思いでいっぱいだった。

できることなら、自分よりも背の低い身長百六十センチ以下で、年も二十歳か十九歳の、気立てのいい大和撫子に清らかな童貞を捧げたかった。いや、童貞だけではなく、せっかくなら彼氏と彼女の関係となって、何度でもベッドで戯れてみたい。

「……彼女欲しいなあ」

切実な願望が口からあふれる。

浅草のラブホテルで咲恵とまぐわってから三日が過ぎていた。

あの日は結局、夕方まで淫靡な密室にふたりきりでいて、二回戦、三回戦と行なった。最初にフェラチオで抜いてもらったぶんも入れれば、計四度の射精を果たしたことになる。若い龍之介のエネルギーは尽きることがなかったし、繰り返し挑みかかったことで腰振りのコツもわかってきて、最後のまぐわいでは咲恵を存分によがり泣かせることができた。

また、抱かせてもらいたかった。

しかし、咲恵は人妻なので継続的な関係など望めない。

やはり未亡人や人妻の欲求不満を慰める役目ではなく、心も体も通じあった自分だけの彼女が欲しかった。

セックスを経験してみれば、女体に対する渇望感は童貞時代とは比較にならないくらい強まった。童貞を失って最初に気づいた真実は、同じ射精でもオナニーとセックスは大違いということだ。咲恵のことを思いだして何度オナニーしてみても、セックスへの欲望はセックスでしか満たすことができないのである。

じりじりと焦燥感がこみあげてくる。

田舎と見紛《みまが》うほどのどかなこの町にあと二週間いたところで、はたしてセックスをさせてくれる相手と巡り会うことができるのだろうか。

(俺も出会い系サイトでも利用してみるかな……)

叔母を尾行して訪れた渋谷や新宿といった繁華街には、龍之介が「東京」という言葉からイメージしていた通りの刺激にあふれていた。ああいう町でなら、初対面の男と女がラブホテルに直行し、淫らな汗を流すこともあり得るだろう。別々の土地に生まれ、交わるはずのない人生を歩んできたふたりが、眼が合った瞬間フォーリンラブという映画のような展開だって、起こるかもしれない。

しかし、龍之介は出会い系サイトが苦手だった。

容姿端麗な叔母ならともかく、パッとしないルックスの自分では写真で気を惹《ひ》くことなんてできないし、おまけに東京のことなどなにも知らない田舎者なのだ。運良く待ちあわせのチャンスを得ることができたとしても、顔を合わせた瞬間、背の低さに幻滅される可能性だって高い。傷つく結果が眼に見えているのに、下手な鉄砲も数撃ちゃ当たるとばかりにメールを出しまくるのは、打たれ弱いガラスのハートの持ち主である自分には無理だと思った。

「チクショーッ!　馬鹿野郎ーっ!」

川に向かって石を投げると、遠くからゴロゴロと雷の音が轟いてきた。まるで「天に唾する不届き者め!」と神様が怒っているかのように、雷鳴がみるみる近くに迫ってきて、バケツをひっくり返したようなどしゃ降りの雨が降ってきた。

「なんなんだよ、もう……」

龍之介は急いで自転車にまたがったが、暴風がペダルを漕ぐのを邪魔し、ほうほうの体で〈H保育園〉に辿り着くまで、激しい雨に打たれ続けなければならなかった。


翌日、龍之介は高熱を出して布団から起きあがれなくなった。

まったく、ツイてないときは、とことんツイていないものである。

子供のころから柔道で鍛えた体なので、風邪など滅多にひかないのだ。高熱にうなされながら「夏風邪は馬鹿がひく」という言葉を思いだすと、おのれの不甲斐なさに気持ちが沈んだ。

夕方、喪服姿の叔母が龍之介の部屋をのぞいて言った。

「大丈夫？　わたし、もう出かけなくちゃならないけど……」

「ええ、大丈夫です……」

龍之介は布団に横たわったまま返した。

「一日寝てたら熱もさがってきたし。明日の朝には治ってると思いますから」

たしかに解熱剤が効いて熱はさがってきていたが、大量の汗をかいていて気持ちが悪かった。体を拭《ふ》いて着替え、シーツも自分で替えなければならないと思うと気が重くなってくるが、叔母を引き留めるわけにはいかない。明日は亡夫の命日なので、これからお墓がある静岡まで泊まりがけで出かけることになっているのだ。

「でも、顔が赤いし、つらそう……」

叔母は枕元に膝をつき、龍之介のおでこに手を載せた。このところ龍之介にそっけなかった叔母も、さすがにやさしく心配げだった。

「熱だってそんなにさがってないみたいじゃない？　わたし、出発を明日にしましょうか？」

「いいえ、本当に大丈夫ですから……」

そのとき、

「園長先生……」

と奈実が部屋にやってきた。

「園長先生には大事な法事があるんですから、もう行ってください。龍之介くんはわたしが介抱してますから」

奈実がやけに殊勝《しゅしょう》なのには理由があった。

「いいのかしら、本当に任せちゃって……」

叔母が訊ねると、

「ええ。だって、わたしのせいで彼に風邪ひかせちゃったようなものですから。昨日、わたしがあの子をクルマで送っていけばよかったんです。なのに、彼に頼んじゃったから、雨に降られて……」

「そう。じゃあ申し訳ないけど、お願いしていい？」

「はい」

奈実がうなずくと、叔母はもう一度奈実に礼を言って部屋を出ていった。

「……すいません」

龍之介は力のない眼で奈実を見た。

「いいのよ、本当に気にしなくて。じゃあまず、体を拭いて着替えましょう」

奈実は柔和に微笑んだ。龍之介の体を起こし、Ｔシャツを脱がして汗を拭いてくれた。以前、オムツプレイでいじめられたときとは別人のようだった。いや、おそらくそれは逆であり、あのときが別人だったのである。保母さんである彼女は元来、やさしく人の介抱をできる人なのだ。

ブリーフを穿き替えるとき、

「恥ずかしいから向こう向いててください」

と言ったときも、

「なによ？　一度勃起したオチ×チン見られてるんだから、恥ずかしがることないじゃない」

などと、邪悪な笑みを浮かべて言ったりせず、

「じゃあ、新しいシーツ持ってくるから、その間に着替えてて」

と柔和な笑顔を残して、そそくさと部屋を出ていった。

シーツを替えたあとは食事を用意してくれ、スプーンにとったおかゆをフウフウ冷ましてから口に運んでくれた。

(奈実さん、本当はやさしくていい人だったんだな……あのときは、俺がのぞきなんかしてたからいけないんだ……ああ、もう二度とのぞきなんてやめよう……)

おかゆを食べながら、龍之介は胸底で何度となく繰り返した。高熱で身も心も弱りきっていたので、奈実のことが天使に思えてならなかった。

2

龍之介は夢を見ていた。

悪夢である。

どういうわけか大がかりなファッションショーのステージに紛《まぎ》れこんでおり、すらりと背の高いモデルたちを後ろに従えて花道を歩いていた。

しかし、龍之介は背の高い女が大嫌いなのだ。

自分が男のくせに百六十センチしかないのだから当たり前である。みなが憧れるフアッションモデルなども見るだけで虫唾《むしず》が走り、それが揃ってステージを闊歩《かっぽ》しているファッションショーなど、悪夢以外のなにものでもない。

「……うわっ！」

汗びっしょりで眼を覚ますと、ツンと澄ましたファッションモデルとは全然違う可愛い顔の女が、龍之介の顔をのぞきこんでいた。

奈実である。

「大丈夫？　怖い夢見てたの？」

「え、ええ……」

龍之介は苦笑したが、頬がひきつってうまく笑えなかった。奈実の顔が息のかかる距離にあったからだ。甘酸っぱい吐息の匂いが鼻孔をくすぐり、鼓動が乱れる。

「お熱さがったかしら？」

奈実がおでことおでこをくっつけてきた。必然的に眼と眼も近づき、唇と唇までが接近したので、龍之介の息はとまった。

「うーん、まだちょっと熱いわね」

奈実は園児の熱を計るような無邪気さで、おでこをくっつけたまま大きな黒眼をくるりとまわす。

「い、いま何時ですか？」

龍之介はあわてて話題を変えた。息がかかる距離で見つめあっているには、奈実の顔は可愛らしすぎる。

「九時ごろかな」

奈実はおでこを離して言った。

「もうそんな時間？　帰ったほうがよくないですか」

「そうね……」

枕元の洗面器でタオルを絞り、龍之介の顔を拭いてくれる。

「そろそろ帰ろうかと思ってのぞきにきたんだけど、キミの寝顔見てたら、帰れなくなっちゃった。なんかドキドキしちゃって……」

「ド、ドキドキ？」

奈実は恥ずかしげに眼の下を赤く染め、

「母性本能くすぐられるっていうのかな……わたし、昔からそういうところあってね。風邪男フェチっていうのかなあ。風邪ひいて弱っている男の人を見ると、なんか興奮してきちゃうの」

言いながら添い寝してきたので、龍之介は焦った。

「な、なにしてるんですか？」

「ふふっ」

奈実は悪戯《いたずら》っぽく笑い、

「風邪を一発で治すいい方法って知ってる？」

「い、いいえ……」

龍之介はひきつった顔を左右に振った。

「エッチよ」

奈実はまぶしげに眼を細めてささやいた。

「エッチすれば、風邪なんて一発で治っちゃうんだから」

「いや、あの……」

龍之介は急に息苦しい緊張にかられた。夏なので、掛け布団をかけていなかった。腹部から太腿にかけて薄いタオルケットを一枚かけているだけで、着けているのはTシャツとブリーフだけである。

一方の奈実は、黄色い半袖ニットにオレンジ色のスカート、それにいつものひらひらしたピンクのエプロンというカラフルな装いだった。園児たちとのお遊戯に精を出す、保母さんらしいといえば保母さんらしい格好である。

だが、眼つきが装いに反してひどく艶めかしい。甘酸っぱい吐息すらなんだか欲情のサインのようで、龍之介の鼓動は乱れに乱れていく。

「龍之介くんさあ……」

奈実は人差し指を立て、Tシャツの上から龍之介の乳首をねちねちといじった。

「風邪治すためにエッチしたい？　それともまだ動けない？」

「いや、その……」

龍之介は息を呑んだ。

（まさか……まさか、本当にやらせてくれるつもりなのか……）

体全体が熱っぽく火照っていたけれど、眼の前の据え膳を逃すほど満たされた生活をしているわけではない。奈実を抱くところを想像しただけで、覚えたばかりのセックスに対する飽くなき欲望が煮えたぎりだす。

しかし……。

奈実は天使の皮を被った悪魔であり、龍之介はそのドSな本性をいやというほど知っていた。話に食いついて尻尾を振った瞬間、「冗談よ」などと鼻で笑われたら、治りかけた風邪もぶり返してしまいそうだ。

「からかわないでくださいよ」

龍之介はクールに笑った。

「これでも僕も弱ってるんですから、タチの悪い冗談はやめてほしいな」

「あらあ、冗談なんかじゃないわよ」

奈実は眉根を寄せた妖しい表情でささやいた。半開きにした唇を「キスして」とばかりに近づけてきた。

（いいのか……信用して本当に……）

龍之介の心臓は限界を超えて早鐘を打っている。「よけいな気を揉んでないで、やっちゃえばいいんだよ」ともうひとりの自分が耳元でささやいた。「咲恵さんみたいな美貌の人妻をひいひいよがり泣かせたんだぜ。自信をもって気持ちよくしてやればいいじゃないか」

たしかにその通りだった。

奈実はきっと、龍之介のことを童貞か、きわめて経験が少ない男と思っているに違いない。だからこんなふうに上から目線で誘惑することができるのだ。

しかし、つい三日前、人妻とドロドロの肉弾戦を繰りひろげたこの体には、まだそのときのリズムが生々しく刻まれている。挿入さえしてしまえば、若さあふれる速射砲でそれなりに感じさせることができるのではないだろうか。

けれども龍之介は、

「……本当ですか？」

猜疑心《さいぎしん》いっぱいの眼で奈実を見た。

「僕、また奈実さんに騙されたら、今度こそ立ち直れないほど心のダメージを負うと思うんですよね。だって、全裸でオムツ着けたまま、一時間も放置プレイにされたんですよ。それを『冗談よ』のひと言で片づけられて……」

「わかった、わかった」

奈実は微笑んで体を起こし、膝立ちになった。

「じゃあ、わたしが先に脱いであげる。それなら信用できるでしょう？」

ピンクのエプロンを取り、黄色い半袖ニットとオレンジ色のスカートを次々に脱いでいった。

（うわあっ……）

子供番組のお姉さんのような格好からは想像もつかなかった、セクシャルなランジェリー姿が眼の前に出現した。

色はパールピンク。つやつやと光沢のある生地に、フリルやリボンがふんだんに使われ、ただセクシャルなだけではなく、「エロ可愛い」とでも言いたくなるような、魅惑的なブラジャーとパンティだった。

「どう？　わたしだって、いつもイチゴのパンツばっかり穿いてるわけじゃないんだから」

膝立ちの体をくねらせてポーズをとる奈実に、龍之介は息を呑んだ。その台詞が言いたかったんだろうな、と思った。しかし、龍之介の眼は、名誉挽回の高級ランジェリーにばかりとらわれていたわけではない。

下着よりもなお衝撃的だったのは、胸のふくらみだった。

服の上からでも巨乳であることはわかっていたが、驚くほど丸々としていた。

もちろん、脳裏にはすぐさま張りぼての入った咲恵のブラジャーのことがよぎったけれど、奈実にその心配は無用のようだった。カップからはみ出した乳肉が、眼もくらむほど深い谷間をつくっていたからである。

3

パンティとブラジャーだけになった奈実が身を寄せてきた。

龍之介は奈実を見つめた。

見つめあった。

（エロいっ！　なんてエロい顔してるんだよ……）

悩殺的なランジェリー姿になった奈実は、園児たちを遊ばせているときの柔和な笑顔とも、ドSの本性を見せつけてきたときの邪悪な笑みとも違う、セクシーな表情をしていた。うるうると潤んだ黒い瞳、それを隠すように半分ほどおろされた瞼。下着姿を見せたことが恥ずかしいのだろうか、眼の下はねっとりと紅潮し、唇は丸く開かれている。赤い唇の間からのぞいた、白い歯列にぞくぞくしてしまう。

「ねえ……」

キスをねだるように、サクランボのような唇を差しだしてきた。

龍之介はごくりと生唾を呑みこんでから、顔を近づけていった。

「……ぅんんっ！」

唇を重ねると、奈実はすかさず口を開いた。プリプリした唇の感触を味わう間もなく、舌をからめとられた。

「ぅんんっ……ぅんんんっ……」

積極的に舌をからめてくる奈実に釣られて、龍之介も舌を動かした。唾液と唾液を交換した。舌だけではなく、口内粘膜や歯まで隈《くま》なく舐めまわし、高ぶる吐息をぶつけあった。

そうしつつも、奈実は眼を閉じなかった。

ぎりぎりまで細めた眼をどこまでも潤ませて、龍之介を見つめてくる。

視線をからめあわせて、眼の下の紅潮を濃くしていく。

（ああっ、奈実さんっ……奈実さんっ……）

龍之介はうっとりしてしまった。そのキスが叔母や咲恵と交わしたキスとは違う、恋人同士がするようなキスに思われたからだ。

むろん、錯覚だろう。

しかし、その錯覚に酔いしれてしまう。奈実と恋人同士になったような気分で、セクシーランジェリーに包まれた体に手指を伸ばしていく。

抱擁し、撫でまわした。まずは背中から腰にかけて。それから、お尻や太腿。奈実の体は全体的にむちむちと張りつめていて、たまらなく女らしい。どこを触っても、ゴム鞠《まり》のような魅惑的な弾力に満ちている。

「うんんっ！」

ブラジャーの上から乳房を揉むと、奈実はきゅうっと眉根を寄せた。そうしつつ、すがるように見つめてきた。息がとまるほど悩ましい表情だ。

「むううっ……むうううっ……」

龍之介は舌をからめあいながら、胸のふくらみをぐいぐいと揉みしだいた。揉めば揉むほど乳肉が内側から盛りあがってくるような、不思議ないやらしさに満ちた乳房だった。

「んんんっ……暑い」

奈実が悶えながら言ったので、龍之介はうなずいた。エアコンをつけていなかったので、部屋はたしかに暑かった。背中のホックをはずし、カップをめくりあげると、丸々とした乳房が汗にまみれていた。小玉スイカほどもありそうな量感と、白い素肌が汗に濡れ光る様子に息を呑んでしまう。

（なんて……なんていやらしいおっぱいなんだ……）

サイズはおそらくFかG。とても片手ではつかみきれそうもない。しかし、大きさそのものよりも、丸さがすごかった。裾野のあたりの女らしいカーブに、眼を見張らずにいられない。

すかさず手を伸ばした。

手のひらで裾野からすくいあげると、汗でつるっとすべった。その感触がたまらなくいやらしく、まずは揉むのではなく、手のひらで撫でまわした。ぬるぬるとした触り心地に陶然としながら、次第に力をこめていく。指先を隆起にぐっと食いこませると、垂涎《すいぜん》の弾力を味わえる。

「んんんっ……ああああっ……」

奈実はキスを続けていられなくなり、喉を反らしてあえいだ。感じていることを示すように、丸い隆起の頂点であずき色の乳首が硬く尖っていく。

龍之介は乳首をつまんだ。強く引っ張ってから離すと、肉の隆起が皿に盛られたプリンのようにプルプルと揺れはずみ、

「くぅううーっ！　ううううっ……」

奈実は悩ましい声をあげて身をよじった。巨乳と呼んでいいくらい大きな乳房なうえに、どうやら感度も抜群らしい。

（ああっ、たまらないっ……たまらないよっ……）

龍之介は両手を使って双乳をつかみ、揉みくちゃにしていった。硬く尖った乳首を交互に口に含み、チュパチュパと音をたててしゃぶりあげていた。

咲恵と寝たときは貧乳も悪くはない気がしたけれど、やはり大きなおっぱいは格別である。

気がつけば、手や口で愛撫するだけでは飽きたらず、顔まで押しつけていた。丸々と実った肉房に頬ずりしては、揉みしだいた。

「んんんっ……おっぱいが好きなの？」

奈実がハアハアと息をはずませながら訊ねてくる。

「は、はい……」

龍之介はうなずいた。おっぱいだけではなく、お尻や太腿や両脚の間にある女の部分だって大好きだったが、いまはおっぱいに夢中である。

「じゃあ、いいことしてあげましょうか」

奈実は龍之介のTシャツを脱がし、下半身のほうに移動していった。

「ふふっ、すごい興奮してるね」

もっこりと盛りあがっているブリーフのフロント部分を見て、撫でまわした。おいでおいでをするように指を躍らせ、玉袋から竿の裏筋にかけてくすぐるように刺激してくる。

「むっ……むむっ……」

龍之介は仰向けの体をピーンと突っ張らせた。オムツの上から刺激されたときの、息苦しいほどの興奮がむらむらと蘇ってくる。風邪をひいていることなど忘れてしまうくらい、欲情してしまっている。

今日の奈実は意地悪く焦らしてこなかった。

ブリーフ越しの愛撫もほどほどに、それを脱がせてきた。

痛いくらいに勃起したペニスが唸りをあげて反り返り、ぴしゃっと湿った音をたてて臍《へそ》を叩く。

「いやーん、元気……」

奈実はパンティ一枚の体をくねらせて四つん這いになり、ペニスに顔を近づけてきた。龍之介は身構えた。フェラチオをしてくれるのだと思った。その流れなら誰だってそう思うだろう。

しかし奈実は、そそり勃《た》った男性器官に舌を這わせてこなかった。亀頭を咥えこんでもこなければ、根元に指を添えてもこない。

なんと驚くべきことに、丸々と実った乳房の谷間に挟んできたのである。

「おおおっ……」

龍之介は仰天するあまり、だらしない声をもらしてしまった。まさかの展開だった。まさか彼女が、パイズリをしてくれるなんて夢にも思っていなかった。とにかく巨乳と言えばパイズリという、男が抱く安直なイメージをそのまま現実にしてくれるなんて……。

「ああーんっ、オチ×チン、すごく熱いっ……」

奈実は悶えるように身をよじりながら、左右の乳房で、むぎゅっ、むぎゅっ、とペニスを挟んできた。むちむちした肉の弾力がたまらなかった。さらに汗だ。エアコンをつけていない部屋が噴きださせた生汗が天然ローションとなり、乳房とペニスを淫らなまでにすべらせる。

「どう？　気持ちいい？」

奈実は上半身を揺すりだした。ペニスを胸の谷間に挟んだまま体を前後に揺すり、したたかにしごきたててきた。

しごくと言っても、手とは違ってホールド感が薄い。口唇や蜜壺のようなぬめぬめした密着感もない。

だがかわりに、肉の弾力だけは存分に伝わってくる。手指で揉みしだいているときよりも生々しく、むちむちした乳房の弾力がペニスに届く。どこかもどかしい刺激が、熱い我慢汁をどっと噴きこぼさせる。

「むうっ……むううっ……」

自分の顔がみるみる真っ赤に茹であがっていくのが、鏡を見ないでもわかった。刺激そのものに加え、見た目もすごすぎた。

みずから巨乳を両手で寄せてペニスを挟み、上目遣いで見つめてくる二十七歳の保母さんの姿は、身震いを誘うほど悩殺的だった。しかも時折、

「いやんっ、なんか出てきた……」

とピンク色の舌を差しだしてくる。尖らせた舌先で、我慢汁を漏らしている鈴口《すずぐち》を、チロチロと刺激してくる。

可愛い顔をしているくせに、いやらしすぎるやり方だった。園児と戯れているときは母性に満ちたやさしい顔をしているのに、性技は卑猥なほど巧みである。

「ほら、ほら……すごく出てくるよ」

奈実はパイズリで肉竿を刺激しては、鈴口を舌でまさぐる。興奮しきった肉竿が乳肉の間でのたうちまわり、我慢汁が、ピュッ、ピュッ、と飛ぶ。射精とは違う、ほんの数滴だけの先走り現象だ。

(ああっ、出さないでっ……そんなに出さないでっ……)

女で言うところの潮吹き現象のようなものだろうか。

わがペニスながらそんな姿を見たのは初めてだったので、龍之介はたまらなく恥ず

かしかった。恥ずかしさと裏腹の身をよじるような快美感に、布団の上でのたうちまわった。

4

「ねえ、なんだかわたしも我慢できなくなってきちゃった……」

奈実がパイズリの手をとめて言った。

「わたしも……わたしもしてもらっていい？」

ねっとりと潤んだ瞳で見つめられ、

「ええ……は、はい……」

龍之介は呆然としたままうなずいた。クンニリングスを求めているのだろうと思った。パイズリに翻弄され、意識が朦朧《もうろう》としていたけれど、頑張って上体を起こそうとすると、

「いいのよ、病人はそのままで」

奈実が柔和な笑顔で龍之介を制した。

「そのままでいい……とは？」

首をかしげる龍之介を見て、奈実はふふっと淫靡な笑みをもらすと、パンティを脱

いだ。優美な小判型の草むらが眼に飛びこんできて、龍之介の息はとまった。

しかし、本当の衝撃はその直後に訪れた。

奈実が立ちあがり、顔の上に立ったのである。両耳のすぐ脇に、奈実の白い足があった。普通ではありえないシチュエーションに、

（えええっ……）

龍之介は言葉を失ったまま、呆然と奈実を見上げた。女神の銅像を見上げるように見ると、こんもりと盛りあがった恥丘の上に、艶光りする繊毛が茂っていた。その上では、ふたつの胸のふくらみが下半分だけを見せて前に迫りだし、女らしい丸いカーブをひときわ鮮明に見せつけている。

こんないやらしい女神の銅像があるわけがなく、龍之介は小刻みに震えだした。

しかも……。

奈実はそのまま腰を落としてきた。むっちりとした太腿を左右に開き、和式トイレにしゃがみこむ要領で、両脚をM字に割りひろげていく。

（うわあっ……）

そこが和式トイレであれば、龍之介の顔は金隠しの位置にあった。M字に開いた奈実の両脚の中心と、正面から向きあうことになる。

優美な小判型に生えそろった草むらの下に、アーモンドピンクの花が咲いた。

綺麗な花だった。繊毛が生えているのが恥丘の上だけで、女の花のまわりは無毛状態だからかもしれない。縮れの少ない花びらがぴったりと身を寄せあい、妖しい縦筋をすうっと描いている様子は静謐《せいひつ》なたたずまいである。

とはいえ、そこは紛うことなき欲望のための器官だった。ただ静謐なだけではなく、奈実が両脚をひろげた瞬間、むっとする女の匂いが鼻についた。未亡人叔母や人妻咲恵に比べればずっと淡い匂いだったけれど、それはたしかに女が発情していることを示すフェロモンに違いなかった。

「ああんっ、いやっ……」

奈実がしゃがんだまま身をくねらせる。

「わたし、はしたないことしてるっ……恥ずかしいことしてるっ……」

羞恥に身悶えながらも、見られて感じているようだった。剝きだしの女の花に注ぎこまれる、龍之介の熱い視線を感じているのである。

「ねえ、早く舐めてっ……見られてるだけだと、恥ずかしいからっ……」

言いながら、奈実は右手を股間に伸ばしていった。人差し指と中指を割れ目にあてがい、ぐいっとひろげた。

「おおおっ……」

龍之介は眼を見開き、息を呑んだ。逆Vサインを描いた二本の指の間から、薄桃色の粘膜が現れた。花びらを閉じた状態は静謐でも、内側の肉層はひくひくといやらしいほどうごめいて、匂いたつ花蜜をタラーリとあふれさせる。

「むううっ……」

条件反射のように唇を押しつけた。アーモンドピンクの花びらはぽってりしていて、見た目以上に弾力があった。舌を差しだして粘膜を舐めれば、新鮮な貝肉を思わせるぴちぴちした舐め心地がした。

「くぅううーっ！」

奈実がのけぞって巨乳をタプタプとはずませる。バランスを崩しそうになりながらも、腰をくねらせてもちこたえる。

「いやっ……いやああんっ……」

「むううっ……むうううっ……」

追いかけっこが始まった。逃げる奈実の女の花と、追いかける龍之介の唇。奈実にしても、決して舐められたくないわけではないだろう。いきなり鼻息を荒げて唇を押しつけてきた龍之介をいさめるように女の花を移動させ、けれども追いかけっこ自体を楽しんでいる様子でもある。

（ああっ、もっと舐めたいっ……もっと奈実さんのオマ×コをっ……）

唇を尖らせた龍之介も、舌を差しだして女の花を追いかけることに、夢中になっていた。薄桃色の粘膜を、ねろりと舐めるたびに奈実の腰はビクッと跳ねあがり、むっちりした太腿がぶるぶると震える。

尖らせた舌を、肉の合わせ目まで這いあがらせれば、ガクガクと腰をわななかせる。やがて女の花を逃がすのをやめ、もっと舐めてとばかりに、濡れた割れ目で龍之介の顔を撫でまわしてきた。龍之介の顔面は、獣じみた匂いのする粘液でぬるぬるに濡れまみれていった。

「ああっ、もう我慢できないっ!」

奈実は切羽詰まった声をあげると、腰を落とし、太腿で龍之介の顔を挟んできた。

「むぐっ……」

股間で鼻と口を塞がれた龍之介は、驚愕に眼を白黒させた。しかし、唇にはぴったりと女の割れ目が押しつけられている。このチャンスを逃がすことはできないと、夢中で舌を躍らせた。呼吸ができないことも厭《いと》わずに、花びらを口に含んで舐めしゃぶった。

「ああっ、いいっ!　気持ちいいよおっ……」

奈実があえぐ。あえぎながら腰を使いはじめる。

「むむっ……むぐぐっ……」

窒息状態に陥った龍之介は意識が薄らいでいくのを感じたが、それでも意地になって舌と唇を動かした。いや、意地になってというよりは、刻一刻と潤みを増していく割れ目の舐め心地がいやらしすぎて、そうせずにはいられなかった。息ができない状況すらも、なんだか次第に気持ちよくなってくる。一瞬、女陰に口を塞がれて失神するのも男子の本懐ではないかと思ったが、

「やんっ、大丈夫？」

奈実が察して腰をあげてくれた。

「ごめんなさい。気持ちよすぎて夢中になっちゃった」

きゅうっと眉根を寄せてこちらを見る眼は、ねっとりと潤みきっていた。

「だ、大丈夫ですっ……」

龍之介はハアハアと息をはずませながらうなずいた。

「大丈夫ですから、もっとさせてくださいっ……もっと舐めさせてっ……」

「ふふっ、それじゃあ、一緒に舐めっこしようか。息がとまらない方法で……」

奈実は体を反転させ、四つん這いになった。女性上位のシックスナインの体勢で、龍之介に尻を突きだしてきた。

(うおおおーっ！)

龍之介は胸底で絶叫した。

同じ場所を見ているのに、前後が逆になるとすさまじい光景になった。女の割れ目

より目立つ位置に、セピア色のすぼまりが見え、そこから割れ目に続く細い縦筋が身震いを誘うほど卑猥である。

だが、その光景に見とれていられたのも束の間だった。

「むううっ……」

龍之介は腰を反らせてのけぞった。奈実がペニスを頬張ったからだ。顔面騎乗位で興奮しきった男性器官を、生温かい口内粘膜でずっぽりと包みこんできた。パイズリのときのチロチロと舌先で舐めてきたやり方とは打って変わって、深々と咥えこんできた。口内で分泌させた唾液ごと、じゅるっ、じゅるるっ、と吸いたてた。

「むむむっ……」

龍之介はあわてて奈実の尻にむしゃぶりつき、桃割れに唇を押しつけた。ぱっくりと口を開いた花びらの間で、くなくなと舌を躍らせた。そうしていないとすべての神経がペニスに集中していき、男の精が爆発してしまいそうだ。

「むむむっ……むぐぐぐっ……」

龍之介が薄桃色の粘膜を舐めまわせば、

「うんんっ……ぅんぐぐっ……」

奈実がそそり勃った男根をしゃぶりあげる。

「むむむっ……むむむむっ……」

龍之介が舌を伸ばして肉穴をほじると、

「うんあっ……ああんっ……」

奈実は亀頭をペロペロと舐めまわし、カリのくびれに舌をからみつけてきた。

(すごいっ……すごいよ、これはっ……)

龍之介は生まれて初めて味わうシックスナインの衝撃的な快感に、みるみる溺れていった。

男と女が互いに性器を舐めあうその愛撫に、もちろん憧れはあった。いつかはそんな大胆なプレイに淫してみたいと、童貞時代から思っていた。

しかし、実際に行なってみると、想像していたよりずっと快感が強かった。まるで、めくるめく快楽の波に揺られるように、舐めては舐められる。お互いの愛撫が相乗効果を生み、どこまでもヒートアップしていく。一方的にされているわけではないので、かなり痛烈に舐めしゃぶられても、暴発を耐えることができる。

5

(素晴らしい……素晴らしすぎるぞ、シックスナイン……)

龍之介は顔中を愛液まみれにして、奈実の花を舐めまわした。じゅるじゅると蜜を啜《すす》って嚥下しつつ、おのが男根に与えられる刺激に身悶えた。身悶えながら、もっと素晴らしくなる方法を思いついた。

「むむっ……むむむっ……」

桃割れに顔を押しつけながら、奈実のヒップを左右に揺さぶった。かなり激しく、倒れるほどの勢いで揺さぶると、

「うんあっ……な、なに？」

奈実が焦った顔で振り返ったが、その拍子にお互い横向きに倒れた。

「いやーんっ、なにするのよ……」

「いや、その……」

龍之介は興奮に声を上ずらせながら言った。

「ちょっと、その……横向きの体勢でしてみたかったっていうか……」

「……やだ、もう」

奈実が龍之介の思惑に気づいて頬を赤く染める。

「わたしが舐める顔、見たくなったんでしょう？」

「……すいません」

龍之介は上目遣いで謝った。図星だった。

「べつにいいけど……恥ずかしいな……」

奈実は言いつつも、髪をかきあげて耳にかけた。龍之介の位置から横顔がばっちり見えるように気遣いつつ、唾液にまみれた唇をひろげて勃起しきったペニスを口に含む。大胆に唇をスライドさせはじめる。

「むむむっ……」

龍之介は奈実の舐め顔に眼を見張りながら、横向きに寝ている彼女の両脚をM字に割りひろげていった。うぐうぐと男根を舐める顔もいやらしかったが、同時に両脚をひろげて女の花を剝きだしにした様子は悩殺的にもほどがあった。ただでさえ刺激的なシックスナインが、横向きになったことで視覚的にもパワーアップした。

いや、視覚的だけではない。

四つん這いになった尻の桃割れに顔を突っこんでいるときには、クリトリスへの愛撫が不充分だったが、その体勢なら肉の合わせ目が無防備な状態で露出している。舐めてもいいし、指でいじってもいい。舐めながら指でいじることだって可能だ。

「うんんんっ……んんんんーっ！」

薄桃色の粘膜を舌でほじりながらクリトリスを指で転がすと、奈実は男根を咥えたままませつなげに眉根を寄せて鼻奥で悶えた。先ほどまでとは明らかに反応が違った。やはり肉の合わせ目にある真珠肉は、女の急所中の急所らしい。

（こんなことしたら、どうだ……）

今度は割れ目を指でいじりながら、クリトリスに吸いついた。チュウチュウ音をたてて吸いあげると、口の中で肉芽がぐんぐん尖っていった。クチュクチュと舌先でもてあそんでやれば、

「うんんんあっ……はぁあああああーっ！」

奈実は男根を咥えていられなくなり、甲高い悲鳴をあげて髪を振り乱した。

「……ねえ、そろそろしよう？」

ハアハアと息をはずませながら、親指の爪を噛んで見つめてくる。

「入れていいでしょ？　これを……これをわたしのなかに……」

「あっ、いや……」

奈実が騎乗位でまたがってこようとしたので、龍之介はあわてて制した。

「僕が……僕が上になってもいいですか？」

「なに言ってるのよ。病人はおとなしく寝てなさい」

「もう風邪なんて治りました」

「ダメよ。風邪は治りかけが大事なんですからね。黙って横になってなさい」

お互い譲らず、体位が決まらない。しかし、欲情の加減は奈実のほうが切実だったらしい。一刻も早く繋がりたいという風情で、折衷案を出してきた。

「じゃあ、座ってするのはどう？」

「それなら、正常位と騎乗位の中間でしょ。ほら、あぐらをかいて……」

「座って？」

「いや、でも……」

龍之介は苦々しく顔をしかめた。座ってするということは、結局、奈実が上になるということだろう。なんだかずるい気もしたが、初めての体位なので好奇心が疼いた。

迷いながらもあぐらをかいてしまうと、奈実がすかさずそこにまたがってきた。両脚を大胆なM字に開き、濡れた花園に亀頭をあてがう。

「……いくわよ」

眼と眼を合わせながら、性器と性器をぬるぬるすべらせる。

「入れるわよ……入れちゃうわよ……」

言いながら、腰を落としてくる。ずぶりと亀頭を呑みこんだところで一瞬躊躇《ちゅうちょ》したが、長々とシックスナインで舐めあっていた性器は、どちらもびしょ濡れで、奈実が体重をかけてくると、ずぶずぶと一気に結合を深めていった。

「はっ、はぁあうううーっ！」

亀頭がぐっと子宮を押しあげ、奈実がちぎれんばかりに首を振る。龍之介の肩に置いていた両手を首にまわし、しがみついてくる。

「ああっ、大きいっ……龍之介のくんのオチ×チン、大きいよおおおっ……」

「むむむっ……」

龍之介も奈実を抱きしめた。巨乳の奈実はむちむちして、たまらなく抱き心地がよかった。抱きしめることで結合の歓喜がより深く味わえた。

（ず、すいぶんキツいな……）

叔母や咲恵よりいくらか年若いせいだろうか、奈実の蜜壺は内側に肉ひだがびっしり詰まっていて、結合しただけでたまらない密着感が訪れた。とはいえ、発情の証《あかし》である粘液が奥の奥までしたたっているので、

「ああっ！」

奈実が身をよじれば、くちゃっと音をたてて性器と性器がこすれあう。

「あああっ……はぁああああっ……」

眼を合わせたまま、腰を使いだす。くちゃっ、くちゅっ、と音をたてて、股間をしゃくるように動かしてくる。

「むむっ……むむむっ……」

摩擦の衝撃に翻弄されつつ、龍之介は必死に眼を細めて奈実を見ている。お互い切羽詰まった涙目で視線をからめあったまま、肉がこすれあう快感に身をよじる。

「あああっ……いいっ！」

奈実は痛切な声をあげると、腰振りのピッチを速めた。ターボがかかったようにぐ

んぐんと股間をしゃくるピッチをあげていった。

結合部から聞こえてくる肉ずれ音が、ぬんちゃっ、ぬんちゃっ、と粘りつくような音に変わり、奈実の体はそれを振りきるように、龍之介のあぐらの上でゴム鞠さながらにバウンドしていく。

（おおおっ……す、すごいっ……）

龍之介は奈実のはずむ体をしっかりと抱きしめた。抱きしめるほどに、結合感が深まっていくような気がした。腕の中で奈実の動きは、両腕で締めれば締めるほど、切実になっていく。

熱狂が訪れた。

女性上位の体位なのに、騎乗位とは違う体の密着感がある。騎乗位と正常位の、いいとこ取りをしたような感じで、女体の高ぶりを腕の中で生々しく感じとることができる。

（ああっ、もっとっ……もっと深くっ……）

龍之介は奈実の背中にあった両手をヒップの方におろしていった。尻の双丘をつかみ、ぐいっ、ぐいっ、と引きつけた。

「はっ、はぁうううう——っ！」

奈実が白い喉を見せてのけぞる。龍之介は奈実の腰振りのピッチより速く、両手で尻を引きつけた。女体の全体重が腕にかかって筋肉が攣《つ》りそうだったが、刺激が高まった。高くあげて引きつけるときの、最奥を突きあげる感じがたまらない。

しかし、それは長くは続かなかった。

「ああっ、いいっ！　いいようっ！」

奈実が叫びながら仰向けに倒れたからである。抱きしめあっているので、体位が自然と、念願の正常位になったのだ。

「むううっ！」

龍之介は鼻息荒く腰を使いはじめた。正常位になった途端、腰に羽根が生えたように軽くなった。ぐいぐいとピストン運動を送りこんでは、ペニスで「の」の字を書くように腰をグラインドさせる。こんなときのために、週刊誌のセックス・テク特集で勉強しておいたのだ。

「はぁああああっ……はぁあああああっ……はぁうううううーっ！」

龍之介の腰使いに翻弄され、奈実のあえぎ声は一足飛びに甲高くなっていった。

手応えあり、だった。

むちむちボディが腕の中で反り返っていく。汗にまみれ、ふたつの体の間でひしゃげた乳房の感触が、この世のものとは思えないほどいやらしい。ただでさえ締まりのいい蜜壺が、男根を食いちぎらんばかりに締めてくる。

「むううっ……むううっ……」

だが、龍之介も負けてはいなかった。はちきれんばかりにみなぎったペニスで、ずぼずぼと柔肉を穿った。凶暴に張りだしたエラで、内側の肉ひだを逆撫でにする。

「はぁああああーっ！　はぁああああーっ！」

奈実が背中に爪を立ててくる。血が出るくらいに強く食いこまされたが、興奮しきった龍之介にとっては、いまは痛みすら快感だった。

「はぁあああっ……ダ、ダメッ……もうダメッ……わたし、イクッ……イッちゃううううーっ！」

切羽詰まった声をあげて、奈実が白い喉を突きだす。反り返ったままこわばっていた女体が、ビクンッ、ビクンッ、と跳ねあがった。壊れたオモチャのように暴れまわり、と同時に、蜜壺がぎゅっと男根を食い締めた。

「おおおおっ……」

こみあげる射精欲に、龍之介のストロークは限界を超えた。火の出るような勢いで、締まりを増した蜜壺から出し入れした。

「おおおっ……出るっ……もう出るっ……おおおおーっ！」

雄叫びにも似た声をあげ、ドピュッと精を吐きだした。煮えたぎるように熱い欲望のエキスが、ドクンッ、ドクンッ、と放出された。放出するたびに、尿道を灼熱が駆けくだっていき、身をよじるような快美感が訪れた。

「はぁあああああっ……はぁあああああっ……」

「おおおおおおっ……おおおおおおっ……」

喜悦に歪んだ声をからめあわせ、身をよじりあった。長々と続く射精の間、お互いの体にしがみついていた。しがみついていないと、どこかに飛んでいってしまいそうなくらい、衝撃的な恍惚に打ちのめされていた。

第五章　もう脱がせて

1

龍之介の身に思いがけない事件が降りかかってきたのは、奈実とのセックスの興奮も冷めやらぬ、数日後のことだった。

時刻は午後五時、園児たちもあらかたいなくなり、そろそろ一日の締めくくりである遊戯室の掃除を始めようとしていたときだった。

「龍之介くん、お客さんが来てるよ」

奈実に言われて、龍之介は首をかしげながら玄関に向かった。〈H保育園〉に居候していることは家族くらいにしか言っていないので、人が訪ねてくるはずがないのだ。

玄関には背の高い女が立っていた。背は高いが、モデルのようにスレンダーではなく、出るところはきっちり出ている。ボン、キュッ、ボンと凹凸《おうとつ》のくっきりした健康的なボディを、タイトフィットなTシャツとホットパンツに押しこめている。

麻丘夏希《あさおかなつき》だった。

地元の大学の二年先輩である。

といっても、ただの先輩ではなく、いささか因縁のある相手なのだが……。

「な、なんで……なんでおまえがこんなところに」

龍之介が焦ると、

「だってえ……」

夏希はいまにも泣きだしてしまいそうな顔で息を呑んだ。

「心配になって、うち、迎えにきたのよ。このままだと龍さま、田舎に帰ってこないんじゃないかって……」

「龍さまって言うな」

龍之介は真っ赤になってあたりを見渡した。幸い誰もいなかったが、話を聞かれたくない。サンダルを履いて玄関を飛びだすと、

「ちょっとどこ行くん？」

夏希がそそくさとついてきた。スニーカーを履いていたが、それでも龍之介よりもゆうに十センチは背が高い。

路地を曲がったところで立ちどまると、

「きゃっ！」

夏希はわざとらしい悲鳴とともに両手をあげ、龍之介の背中にぶつかった。背が高いだけではなく、リアクションが無駄に派手で暑苦しい。はっきり言って目障《めざわ》りだ。

「……帰ってくれ」

龍之介は腕組みをして夏希を睨んだ。

「どうして俺がおまえに迎えにこられなきゃいけなんだよ。迷惑だから、いますぐどこかへ消えてくれ」

「迷惑って……そんな冷たいこと言わんでも……」

せつなげに眉根を寄せ、大きな体を縮こませる夏希の姿は憐れを誘ったが、同情は禁物だった。同情すればそこにつけこんでくるに決まっている。夏希はそういう女なのだ。

彼女との出会いは三カ月ほど前に遡る――。

同じ大学に通っているとはいえ、学年が違うのでそれまでまったく交流のなかったふたりの人生がクロスしたのは、満員電車の中だった。朝の通勤通学ラッシュでいつも以上に混みあった電車の中だ。おまけにひどく蒸し暑い梅雨入り前後のことで、車内で身を寄せあっている全員が不快感に苛々《いらいら》していた。

龍之介も例外ではなく、隣にいる中年サラリーマンと汗ばんだ肌と肌がこすれあう気持ちの悪い感触のせいで、鬼のような顔をしていた。彼女をつくるために小綺麗な格好をするようになっていたとはいえ、そのときばかりは三度の飯より喧嘩が好きだったころの危険なオーラが漂っていたはずだ。

おかげで中年サラリーマンはなるべく体が触れないように気を遣いだしたけれど、今度は逆隣がぎゅうぎゅうと体を押しつけてくる。龍之介は振り返って睨みつけようとしたが、そこに顔はなかった。白いTシャツから丸々と迫りだした乳房しか見えず、もう少しでふくらみに顔を埋めてしまうところだった。

それが夏希だった。

背が高いうえに踵の高いミュールを履いていたので、小柄な龍之介からは胸しか見えなかったのである。

（でかい女だな……）

背の高い女が大嫌いな龍之介の苛々はマックスに達した。でかいくせに足をしっかり踏ん張ることができず、人に体重を預けてくるとは言語道断、睨み一発で震えあがらせてやろうと視線を上に向けると、夏希は眼を伏せていた。長い睫毛をフルフルと震わせ、眼の下をねっとりと赤く染めていた。

あきらかに様子がおかしかった。

体調が悪いというのとは少し違う。

横眼で注意して観察すると、身をすくめたり、息を呑んだり、唇をわななかせたり、やがてハアハアと息がはずみだした。

（こいつは、もしかして……）

夏希の下肢に視線を伸ばしていくと、グレイのタイトミニに包まれたヒップに、男の手があたっていた。まわりにいるどの男かまでは特定できなかったが、野太く毛むくじゃらの手が、ヒップのふくらみにあたり、尻の桃割れを探るように上下に動いていた。

ただ、瞬時に痴漢だと決めつけることはできなかった。

あたっていたのが、手のひらではなく手の甲だったからである。

龍之介はひとまず無視することにした。

くどいようだが背の高い女は嫌いなのである。ただでさえ目立つ存在なのに、夏希は踵の高いミュールを履いていた。そのうえスカートはやけに短く、丸みを帯びた尻の形がはっきりわかるようなタイトなデザイン……。

可哀相だが、たとえその手が痴漢の魔の手であったとしても、自業自得の面もあろう。痴漢が嫌なら、満員電車にミニスカートなど穿いてこなければいいのだ。

けれども、頭のすぐ上で夏希の呼吸は高ぶっていくばかりだった。

「ううっ……くぅうう……」

時折、小さな悶え声ももれてくる。

眼を向ければ、細めた眼が潤んでいた。恥辱にまみれて泣きそうなのかもしれないが、ピンク色に染まった頬と相俟《あいま》って、やけに悩ましい表情をしている。

(なんなんだよ、チクショウ……)

龍之介は勃起しそうになってしまった。

よく見れば丸顔の可愛らしい顔立ちをしていた。眼も鼻も口もパーツはそれぞれ大きいのに、全体はやさしげだ。その顔が羞じらいに歪み、頬を赤く染め、大きな体をもじもじと動かしている様子は、ドキドキするほど悩殺的だった。

(やっぱり本当の痴漢なのか……おおおおっ！)

思わず声をあげそうになってしまったのは、夏希の尻に触れている男の手が、手の甲から手のひらになっていたからだった。尻の丸みを吸いとるようないやらしすぎる手つきで、さわり、さわり、と撫でまわしていた。

「うっくっ……くぅううっ……」

悶え声がさらに切羽つまってくる。

夏希を見た。

眼が合った。

唇だけを動かして、「た・す・け・て」と訴えてきた。

（クソッ、大女は嫌いだが……）

卑劣な痴漢の魔の手にかかっていることが判明した以上、見て見ぬふりはできなかった。硬派だったころの血が騒ぎ、

「おいっ！」

と怒声をあげて毛むくじゃらの男の手をつかんだ。

「なにやってんだ、このスケベ野郎。彼女が困ってるじゃねえかよ」

「ああーん？」

手を引っ張られた男が、乗客の間から厳《いか》つい顔をのぞかせた。年は三十前後か。身長は百七十センチそこそこだったが、スーツに包まれた体が分厚く、岩のようにゴツい。体重は龍之介の倍近くありそうだった。

「訳のわからねえイチャモンつけてくるんじゃねえよ、兄ちゃん」

「痴漢なんてくだらねえことするなって言ってるんだ」

「痴漢？　俺がかい？」

厳つい顔を左右に振って、まわりの乗客を見た。誰もが眼をそらし、関わりあいを避けようとする。

「あのなあ。これだけ混んでるんだから、ちょっとくらい触っちまうのはしようがねえじゃねえか。俺が痴漢なら、俺のまわりのこの人たちも全員痴漢だよ」

「屁理屈並べんのもたいがいにしときな。いやらしい手つきでペロペロ尻を撫でてたのを、俺はこの眼で見てるんだよ」

電車が速度を落とし、ホームにすべりこんでいく。

「手ぇ離しなよ、兄ちゃん」

「駅員室でな」

「喧嘩売ってるのか？」

「売っちゃいねえが、世直しのために体を張るのはやぶさかじゃねえ」

電車が停まり、ドアが開いた。まわりの乗客が雪崩《なだれ》を打ってドアに向かった。

「降りな」

「ああ」

睨みあったまま、ドアに向かった。よく見れば、龍之介がつかんでいる毛むくじゃらの手には空手ダコができていた。空手対柔道、上等だ。

「離せコラッ！」

ホームに出ると、男は怒声をあげて腕を振りまわした。龍之介は離さなかった。手首をつかんでいれば、いつでも投げられる。

「離せって言ってんだ、このチビッ！」

男は言ってはならないことを言ってしまった。下は硬いコンクリート。足払いで転がして関節を極めてやろうと思っていたのに、頭に血が昇った龍之介は「ダアッ！」という掛け声とともに背負い投げ一閃《いっせん》、男をコンクリートに叩きつけた。

「おおおっ……」

したたかに背中を打った男は戦意を喪失し、だらしない声をもらした。

龍之介は天を仰いで大きく息を吐きだした。危なかった。もう少しで頭から落としてしまうところだった。

夏希も、夏希が連れてきた駅員も、龍之介のあまりに鮮やかな投げっぷりに、しばし呆然とその場に立ちすくんでいた。

2

その日から、夏希は龍之介につきまとってくるようになった。

「ねえ、龍さま」

「龍さまって言うな。俺は韓流スターでも、梨園のプリンスでもねえんだ」

「好きなの。男らしさにひと目惚れしちゃったの。うちと付き合って」

「断る」

「どうして？　うちが年上だから？　龍さまより背が高いから？」

「こんな俺にも理想があるんだ。悪いがあんたはそうじゃない」

「そんなの付き合ってみなくちゃわからないじゃないの？」

「わかるんだよ」

「やっぱり、年と背を気にしてるんだ……」

「そうじゃないけど……とにかく俺のことはもう放っておいてくれ」

そんなやりとりを、いったい何十回繰り返しただろうか。

夏希は背こそ高いものの、顔立ちはやさしげで可愛いし、おっとりしたしゃべり方は癒し系と言ってよかった。性格は天真爛漫、「龍さま」などと言いだすところには天然の気さえうかがえたけれど、意外にもかなりの根性の持ち主だった。

「うち、絶対諦めない。龍さまが振り向いてくれるまで……」

そう言って、学校の行き帰りでも、キャンパスの中でも、どこからともなく現れて、つきまとってきた。

それでも龍之介が相手にしないでいると、こっそり〈森野道場〉に入門し、父や兄に「愛する龍さまの近くにいたくて入門しました」と公言した。祖父は喜び、父は苦笑し、兄たちにはさんざん冷やかされた。

夏希には柔道の才能などこれっぽっちもなかったけれど、天然の「人たらし」とでも言えばいいか、人懐こい性格で誰からも可愛がられるようになり、道場のマスコットガール的な存在になるまで時間はかからなかった。

しかし……。

龍之介は弱りきるばかりだった。

はっきり言って、二十年間のモテない人生で、ここまで露骨に好意を寄せてくる女と出会ったのは初めてだったのだが、「好き」だと言われても、「付き合ってほしい」とすがられても、まったく心が躍らなかった。たとえ理想とは大きく離れているにしろ、ここまで心が躍らなくていいものだろうかと心配になってしまったくらいだ。

二歳の年の差と、十センチの身長差。

それは龍之介にとって、自分の意志では乗り越えられない高い壁だった。その壁がある限り、恋人同士はおろか、友達にすらなれないだろう。並んで歩いているところを想像しただけで、背筋がゾッとしてしまうのだから。

ただ、自分からは口が裂けてもその理由を言えなかった。

夏希のほうも気づいているだろうけれど、自分からは言えない。言ってしまえば、みじめになることは眼に見えている。しかし、言わなければ言わないで、夏希は自分を追いかけまわすのをやめてくれない。

龍之介がこの夏、東京にやってきた背景には、そんな事情もあったのだ。

とにかく夏希から離れたいという思いがひとつ。

そして、東京で彼女をつくってしまえば、それが交際を断る理由になる。たとえ童貞を捨てただけだって、その事実を伝えてやれば夏希は潔く身を引いてくれるだろうと考えたのである。

夏希を強引に追い返し保育園に戻ると、遊戯室で叔母と奈実が揃って待っていた。園児たちはみな帰ってしまったようだ。

「どうしたの？　女の子が来たんでしょ？　お茶でも飲んでいってもらえば」

叔母が言うと、

「すごい可愛い子だったじゃないの？　あんたも隅に置けないわね。あんな素敵な彼女がいたなんて」

奈実が悪戯っぽく瞳を輝かせた。

「彼女じゃないですから」

龍之介は冷ややかに言い、箒《ほうき》を持って掃き掃除を始めた。

「それに、もう追い返しましたから、気にしないでください」

「追い返したって、どうして？」

奈実が訊ねてくる。

「べつに用事もないし……」

「向こうにあったんでしょ？　『龍さまはここにいますか？』なんて、眼をうるうるさせて言ってたもの。こんなふうに手を組んで」

神に祈りを捧げるシスターのようなポーズをつくってからかってくる奈実に、イラッとした龍之介は、

「変な女なんですよ、あいつ」

箒を動かしながら吐き捨てるように言った。

「前に一度ね、満員電車の中で痴漢に遭ってるところを助けてやったことがあるだけなのに、それ以来つきまとってくるようになって……付き合ってくれだの、彼女にしてほしいだの、正直言って迷惑してるんです」

ささくれ立った気分のままに、思いの丈を吐露してしまう。

「がっかりね……」

奈実は長い溜息をつくように言った。

「要するにキミ、彼女が自分より背が高いから受け入れられないだけでしょう？」

「ち、違いますよ……」

「違わない。だってそう顔に書いてあるもの」

奈実は龍之介から箒を取りあげ、まっすぐに眼を見ていった。

「背の高い低いなんて、取るに足らないつまらないことでしょ。そういうことばっか

り気にしてると、本当にちっちゃい男になっちゃうよ」

「そうね。わたしもちょっと残念」

叔母まで奈実の肩をもった。

「龍之介くんがそういうことを気にする子だとは思ってなかったわ。多感な年頃だからしかたないところもあるけど……でもね、世の中の男と女なんて、釣りあいがとれていない場合がほとんどじゃないかしら。身長だけじゃなくて、学歴とか収入とか家柄とか、言いだしたらきりがないもの……」

「背が低いことなんて気にしない、気にしない。いいじゃないのチビだって」

「そんなこと気にするなんて、男らしくないわ」

言葉がナイフのように、龍之介の胸にグサグサと刺さる。ただでさえ脆弱《ぜいじゃく》なガラスのハートの、いちばん柔らかいところを踏みにじられる。奈実と叔母に段々と腹が立ってきた。

「恋っていうのは、なにを置いてもまずハートなんだから」

「そうそう、恋はハート。ハートがいちばん」

ふたりはうなずきあい、

「迎えにいってきなさい」

叔母が龍之介を見て言った。

「わざわざ田舎から会いにきてくれた女の子に、お茶も出さずに追い返したらダメ」

「そうよ。食事くらいはご馳走してあげなさいよ」

ふたりがかりで詰め寄られ、

「なんなんですか、いったい……」

龍之介はたじろぎ、困惑した。

「たしかに……たしかにそりゃあ、彼女と付き合いたくない理由は、僕より背が高いからですよ。でも、いいじゃないですか。誰と付き合おうと僕の自由だし……」

たじろぎつつも、舌鋒は鋭くなっていく。どうしても譲れないものが、そこにはあった。譲ってしまえば自分が自分でなくなってしまうと、ムキになってしまう。

「だいたいどうしたんですか、ふたりとも。綺麗事言わないでくださいよ。笑っちゃいますよ、恋はハートだなんて……」

「恋はハートでしょう」

「そうそう、背が高い低いなんて、つまらない話」

「だったら言わせてもらいますけどね……」

龍之介はカアッと頭に血が昇り、ついに言ってはならないことを口にした。

「出会い系サイトにハートのある恋なんてあるんですか、叔母さん？」

「えっ……」

叔母の瞳が凍りついた。

一瞬にして顔色が蒼白《そうはく》になった。

しかし、龍之介は、憧れの叔母をさらに青ざめさせるような言葉を投げつけた。一度口にしてしまったら、もうとまれなかった。

「僕は知ってるんですよ。欲求不満をもてあまして、夜な夜な出会い系サイトで男あさりしてることを。あんなところにハートなんてあるわけないじゃないですか。エッチなことしてるだけでしょう？　ヤリマンみたいに……」

遊戯室に水を打ったような静寂が訪れた。

フウフウと息を荒げて叔母を睨みつけている龍之介。

龍之介から眼をそらし、頬をピクピクさせている叔母。

その叔母を、信じられないといった眼で見つめ、ポカンと口を開いている奈実。

「ううう……」

叔母が嗚咽をこらえきれなくなって口に手をあてた。

「ひどいっ……ひどいわ、龍之介くんっ……叔母さんに向かって……叔母さんに向かってヤリマンだなんて、そんなひどいことっ……」

言葉は途中で泣き声にさらわれ、叔母は手で口を押さえたまま二階へ駆けあがっていった。

3

「……本当なの？」

奈実が訊ねてくる。

「本当に園長先生が、そんなこと……出会い系とか……」

「本当ですよ」

龍之介はうなずいた。

「じゃなかったら、泣きだすわけないじゃないですか。図星だから、あんなリアクションになったんです」

「まさか……園長先生がそんな……」

「奈実さんだって人のことは言えませんけどね……」

勢いがついてしまった龍之介の悪態は、もうとまりようがなかった。

「人にオムツをするわ、風邪ひいてればエッチを迫ってくるわ、めちゃくちゃじゃないですか。なにが恋はハートですか？　ちゃんちゃらおかしくて臍で茶を沸かしちゃいますよ」

「な、なによ……」

奈実が眼を吊りあげて睨んでくる。

「自分だって……自分だって……」

「ああ、そうですよ」

龍之介はすっかり居直って胸を張った。

「僕だって、叔母さんがお風呂入ってるところのぞくわ、それ見てオナニーしようとするわ、挙げ句の果てにはオムツをされて射精しちゃったんですからね。変態ですよ。ああっ、ここは変態保育園だ！」

「言いすぎよ、龍之介くん」

奈実が怒りの形相でツカツカと詰め寄ってくる。だが、龍之介は一歩も引かなかった。興奮していて、引き返せないところにいた。試合前のボクサー同士のように、胸を突きだして睨みあった。

「いくらなんでも変態保育園は言いすぎ。謝りなさい。この保育園を侮辱したこと、手をついて」

「謝るのは奈実さんのほうだと思いますけどね」

龍之介は負けじと言い返した。

「僕を侮辱したこと、謝ってください」

「わたしは侮辱なんてしてないでしょ」

「しましたよ。自分は欲望にまかせてやりたい放題やってるくせに、恋はハートだとかなんとか綺麗事ばっかり並べちゃって」

「でも、それは……」

「謝らないなら！」

龍之介は奈実の言葉を遮った。

「ここが変態保育園だって言いふらす」

「えっ……」

奈実の瞳が凍りつく。

「ここが変態保育園だってみんなに……保護者各位にファックスでも送りますよ。園長先生は出会い系サイトで男あさりだし、保母さんはバイトの僕にセクハラしてくるし……」

「セクハラなんてしてないじゃないの……」

「とにかく！」

龍之介は声を荒げた。

「僕を侮辱したことを謝ってください、オムツ姿で」

「えっ……」

奈実の頬がひきつった。

「いま……いまなんて言ったの？」

「オムツですよ、オムツ」

龍之介は自分の言葉に戦慄を覚えながら繰り返した。そんなことを言うつもりなどまったくなかったのに、気がつけば口から飛びだしていた。

「僕だってのぞきが見つかったとき、オナニーしろとかオムツをしろってさんざん辱められたんです。オムツをしてくれないなら、奈実さんの悪行の数々、父兄にみんな言いふらします」

「悪行って……」

奈実は泣き笑いのように笑った。

「それはちょっとひどすぎるでしょう？　風邪をひいてるときエッチしたのだって、キミの風邪を治すためなんだよ。治ったでしょう、風邪？　それにとっても気持ちよかったでしょう？　悪行でもセクハラでもないじゃないのよ……」

なだめるように言い募る奈実の言葉には、説得力があった。たしかにその通りだった。風邪は治ったし、気持ちもよかった。

しかし、もはやそういう問題ではないのである。

奈実にオムツを穿かせてみたかった。

穿かせて悪戯したかった。

それくらいテンションの高い無茶なことをしなければ、怒りのもって行き場がない。ズタズタに傷ついたガラスのハートが癒されないのである。龍之介の激情はもうとまらなかった。

十分後――。

「もういいですか？」

龍之介は背後にいる奈実に声をかけた。先ほどまで聞こえていた衣擦れ音は、もう聞こえない。着替え終わったということだ。

（いま……いま俺の後ろでは、奈実さんがオムツを……）

心臓がドキドキと高鳴っていく。龍之介の強固な姿勢に折れるしかなかった奈実は、結局オムツを穿くことを受け入れた。しかし、夕陽の射しこむ明るい遊戯室で剝きだしの股間をさらし、赤ん坊のような格好でオムツを着けられるのだけはどうしても恥ずかしいからと、龍之介に背中を向けさせ、準備を整えることになったのだ。

「ねえ、龍之介くん……」

奈実が震える声で言う。

「やっぱり許してくれない……これはあんまりよ……他のことならなんでもするから……」

「自分だって僕にあんまりなことさせたじゃないですか！」

龍之介はかまわず振り返った。

全裸にオムツをし、両手で乳房を隠した奈実が立っていた。

(うおおおおおーっ！)

衝撃な光景だった。

二十七歳の大人の女が、オムツをしているのである。特大サイズと言っても子供用だから、お尻の大きな奈実はかなり強引に穿いたことだろう。しかも、ゴワついた紙オムツだから太腿を閉じることができず、O脚気味に歪んだ両脚がいやらしすぎる。

「ううう っ……」

奈実が唇を噛みしめて、恨みがましい眼を向けてくる。恥辱にまみれたその顔がまた、悪鬼と化した龍之介の淫心をぞくぞくと震わせた。

「よく似合うじゃないですか」

龍之介は淫靡な笑みをもらしながら、手にしていたものを奈実の頭に被せた。幼児用のフリフリした帽子だった。納戸から持ってきておいたのだ。さすがにサイズが合わないが、とりあえず頭に載せておく。さらに、こちらもフリルをふんだんに使った涎《よだれ》かけをして、おしゃぶりを口に含ませた。

(た、たまんねえ……)

龍之介は血走るまなこを見開いて、ごくりと生唾を呑みこんだ。

最初は笑ってやるつもりだった。幼児の格好をしている年上の保母さんを嘲笑《あざわら》い、気分をスカッとさせようと思っていた。

しかし、実際にその姿を前にすると、いやらしすぎて笑えない。こみあげてくる興奮が、瞬きも呼吸も忘れさせ、身震いを誘う。

「鏡、見てくださいよ」

龍之介は奈実の背後にまわりこんで双肩をつかみ、奈実の体を鏡の方に向けた。

「ぅんぐぐっ……」

おしゃぶりを口に含んだ奈実が、泣きそうに顔を歪ませる。フリフリの帽子や涎かけ、キツキツのオムツが、剝きだしの巨乳と卑猥すぎるハーモニーを奏でている。

「……もういいでしょ」

奈実がおしゃぶりを取って言ったので、

「ダメですよ」

龍之介はあわててておしゃぶりを奈実の口に戻し、女体をマットの上に横たえた。

「奈実さんは、オムツをした僕にいやらしいことをしてきたじゃないですか。僕もさせてもらいますよ、たっぷりとね」

身を寄せていき、豊満な胸のふくらみをすくいあげると、

「んんっ……」

奈実は眼を白黒させて身をよじった。ゴワついた生地の紙オムツのせいで、両脚を閉じることができないのがエロすぎる。仰向けになっただけで、自然とM字開脚になってしまうのだ。

（たまらない……たまらないよ……）

龍之介が乳肉に指を食いこませ、せっせと揉みしだくと、

「んんんーっ！　ぅんぐぐぐーっ！」

奈実は健気《けなげ》におしゃぶりを咥えたまま、すがるような眼を向けてきた。可愛い顔をしてドSの本性を隠しもつ彼女でも、オムツを穿かせられていてはさすがに情けないリアクションしかとれない。そんな格好にされておいて怒りだすことの滑稽さを、よく理解しているようだ。

一方で、こんな異常なシチュエーションが彼女の性感を刺激していることも、また事実のようだった。

たわわに実った双乳は、揉みしだくほどに内側からしこってきて、乳肉が手のひらに吸いついてきた。

あずき色の乳首もみるみる硬く突起して、口に含んで吸ってやると、

「んんんんーっ！」

奈実は鼻奥で悶え泣いた。恥辱に悶えているだけではなく、性的な興奮が生々しく伝わってくるような声だった。

（よーし、もっと悶えさせてやるぞ……）

龍之介はギラついた視線で、オムツを穿いた保母さんを見つめたが、そのとき背後から声が聞こえてきた。

「ちょっと……」

叔母だった。

「あなたたち、いったいなにをやってるの……」

涙を見せて二階に駆けのぼっていったので、しばらくはおりてこないだろうと思っていたこの保育園の園長が、驚愕の光景に眼を見開いてそこに立っていた。

4

（まずい……まずいぞ……）

龍之介は全身から血の気が引いていくのを感じた。体が芯から震えだすのをどうすることもできなかった。奈実に身を寄せて横たわり、おっぱいを握りしめたまま、身動きがとれない。

「ちょっと、奈実さん。あなたいったいなにやってるの？　それってオムツ？　どうしてオムツなんて……」

叔母が唖然としたような声をあげると、奈実はおしゃぶりを吐きだし、両手で顔を覆ってわっと泣きだした。龍之介はまだ服を着ていたので、もっとも見られてはいけない場面を見られてしまったのは、奈実ということになる。

「龍之介くん、立ちなさい。立って叔母さんに事情を説明して！」

「事情って言われても……」

龍之介は奈実の乳房から手を離して立ちあがった。もはやどう言い繕ったところで、保育園の遊戯室で淫らな行為をしていたことを誤魔化しきれない。ならば居直るしかないと、腹を括って叔母を見た。

「ここは変態保育園だから、変態プレイをしていただけですよ」

「な、なんですって……」

叔母の声がひっくり返る。

「龍之介くん、あなた、いまなんて言ったの？」

「ヘ・ン・タ・イ保育園です」

龍之介は檻《おり》に囚《とら》われた獣のように、遊戯室をぐるぐるとまわり始めた。

「だってそうでしょ？　ここの園長先生は、出会い系サイトで夜な夜な男あさりを繰り返してるし……おっと、しらばっくれようと思ってもダメですよ。僕は叔母さんの携帯電話を見ちゃったし、尾行もしたんですから……」

「携帯電話に尾行？　そんなことまで……」

叔母の顔色が青ざめていく。

「それに！」

龍之介がオクターブをあげると、叔母はビクンとおののいた。

「それだけじゃないですよ、ここが変態保育園な理由は……僕はね、叔母さん、ちゃんと知ってるんですから。叔母さんがバスルームでなにをしてるか。オナニーばっかりしてるでしょう？　四つん這いになって、自分で自分を慰めているでしょ？　それに……それに、オナニーだけじゃ飽きたらず、僕の童貞まで……」

「ううう……」

叔母の清楚な美貌が歪みきった。激しいショックを受けたようだった。バスルームでの秘密どころか、奈実の前で甥っ子と肉体関係があったことをバラされたのだから、それも当然だろう。

しかし、その程度で許すわけにはいかない。

もうこうなったら、とことん行く道を行くまでだ。

龍之介は納戸に走り、オムツを持って戻ってきた。

「さあ、叔母さんにも、変態園長の本性を見せてもらいましょうか。これ着けてください」

「な、なにを馬鹿な……」

叔母は憤怒に顔を歪めたが、

「やらないと、僕が知ってることみんなバラしちゃいますよ。この保育園の父兄にも、田舎の親戚にも」

龍之介の言葉に、顔をそむけて唇を嚙みしめた。

「でも、だからって、そんなもの……」

叔母がおぞましいものでも見るように、オムツを見やった瞬間だった。

「龍之介くんっ！」

泣いていたはずの奈実が突然立ちあがり、叔母を羽交い締めにした。

「わたしだけ恥ずかしい思いをするのは、嫌よ。脱がしてっ！　園長先生の服を脱がして、オムツを着けてっ！」

「なにするの、奈実さんっ！　離しなさいっ！」

叔母はいやいやと身をよじったけれど、奈実は意地でも離さない。自分だけ被害者になり、オムツを着けた恥ずかしい格好を見られたのではたまらないと、火事場の馬鹿力を発揮して叔母を押さえこむ。

（ナイス、奈実さん……）

龍之介は内心でほくそ笑みながら叔母に近づいていった。ここが変態保育園であるなら、叔母には奈実と同じような罪がある。いや、園長であることを考えれば、雇われ保母さんの奈実以上だ。

「ああっ、やめてっ！　龍之介くん、許してっ！」

いやいやと身をよじる叔母は、前がボタンになった白いワンピースを着けていた。龍之介はそのボタンをはずしていった。噛みしめるようにゆっくりと、だが確実にワンピースの前を割り、左右にひろげる。

「いやあああーっ！」

叔母が甲高い悲鳴をあげると同時に、豊満な乳房を包みこんだベージュ色のブラジャーと、同色のパンティが露わになった。薄布がぴっちりと食いこんだ股間から生々しい色香がたちのぼってきて、龍之介と奈実は一瞬息を呑んだが、

「奈実さん、横にして」

「うん」

阿吽《あうん》の呼吸で叔母の体を横たえた。横たえながらワンピースを剝ぎとり、下着も奪っていく。

「ああっ、やめてっ！　脱がさないでっ！」

叔母は必死の形相で抵抗したが、抵抗すればするほど、龍之介は後戻りできなくなっていった。かくなるうえはグウの音《ね》も出ないほどの大恥をかかせ、口をつぐんでもらうほかない。

「ああっ、許してっ……それはっ……それだけはっ……」

龍之介がパンティに手をかけると、叔母は必死に手足をバタつかせたけれど、無駄な抵抗だった。後戻りできなくなっているのは龍之介だけではなく、叔母を後ろから押さえている奈実も同じだった。

「おとなしくしてくださいよ、園長先生」

奈実が渾身の力をこめて羽交い締めにすれば、叔母はもう、ブラジャーが剝がされた双乳をタプタプ揺らし、むっちりと逞しい太腿をこすりあわせることしかできない。

「ひいいっ！　やめてええっ！　やめてええええーっ！」

龍之介は叔母の下肢からパンティをずりさげ、黒々と茂った草むらを露わにした。そのまま脚から抜いてしまい、一糸纏わぬ丸裸にしてしまう。

（それにしても……）

龍之介は全裸で羞じらう叔母を睨めつけながら、オムツを手にした。心臓が爆発せんばかりに高鳴り、ズボンの中ではイチモツが痛いくらいに勃起していた。

女体から服を脱がすより着せることにこれほど興奮を覚えてしまうなんて、常軌を逸している。自分はもしかすると本物の変態ではないだろうかと、一瞬怖くなった。

「さあ、早くっ！　龍之介くんっ！」

奈実が後ろから叔母の両脚を取り、M字に開いていく。恥辱に震える白い太腿が、じわり、じわり、と割りひろげられていき、叔母の顔がひきつっていく。やがて、M字開脚の中心にアーモンドピンクの女の花が咲き誇ると、

「ひぃいいいいいいーっ！　見ないでっ！　見ないでえええっ……」

叔母は身も世もなく悲鳴をあげたが、本当の地獄はその後に待ち受けていた。

「じゃあ、見ないようにしてあげますよ、叔母さん」

龍之介はオムツを叔母の尻の下に忍びこませた。

「な、なにをするのっ……馬鹿なことはやめてっ……」

叔母は恐怖に瞳を凍りつかせ、唇をわななかせたが、

「だって見ないでほしいんでしょう？」

龍之介は淫靡な笑みをこぼしながら、オムツのマジックテープをはめ、ふっさり茂った草むらやアーモンドピンクの花びらを隠していった。

「ああっ、やめてっ……許してっ……」

「見ないでって言ったの、叔母さんじゃないですか。むむっ、さすがにキツいな。叔母さん、お尻が大きいから……」

ゴワついた紙オムツを、ぎゅうぎゅう引っ張って叔母の股間に食いこませる。

「ああっ、いやあっ……いやああっ……」

女の恥部を隠されたにもかかわらず、叔母の清楚な美貌は恥辱にくしゃくしゃに歪みきっていった。それもそのはずだ。叔母がいま穿かされたのは、子供のおもらしを受けとめるアイテム。間違っても大人が穿くものではない。

「ああっ、いやっ！　こんなのいやっ！　ぬ、脱がせてっ……オムツを脱がせてええええっ……」

甥っ子の手によってオムツを装着され、さらに幼児用の帽子、涎かけ、おしゃぶりと、奈実と同じ格好にされた叔母は、

「んんんんーっ！　んんんんーっ！」

羞じらうあまり、ちぎれんばかりに首を振った。あわてておしゃぶりを吐きだそうとするその口を、龍之介は押さえた。

「はずしちゃだめですよ、叔母さん。ちゃんと咥えてないと、別のお仕置きをしますからね。それにこれからは赤ちゃんになった気分で、バブーしか言っちゃダメです。それから……」

龍之介は欲情にたぎりきった鬼の形相を奈実に向けた。

「奈実さんも、おしゃぶりを咥えて同じ格好してください。ほら、叔母さんの隣で。

わかってますよね？　言うとおりにしないとどうなるか」

「ううう……」

奈実は悔しげな顔をしつつも、命じられた通りにした。保育園の遊戯室のマットの上で、二十七歳の保母さんと、三十四歳の園長先生が、揃って白いオムツをし、赤ん坊さながらに両脚をM字にひろげたのである。

（すげえ……）

龍之介は全身を小刻みに震わせながら、生唾を呑みこんだ。衝撃的な光景だった。この世にこれ以上いやらしい光景は、あり得ないのではないかと思った。

二十七歳の奈実もいやらしいが、叔母のオムツ姿はもっとすごい。三十四歳の熟女の顔立ちや体つきのほうが、ギャップやアンバランスさが奈実より一枚も二枚も上手《うわて》である。この光景を思いだすだけで、これから百回でも二百回でも感慨深いオナニーに浸れそうだった。いますぐしたっていいくらいである。

（さて、どうしたものか……）

とはいえ、さすがにこの場でオナニーをするのは馬鹿げている。ふたりを責めたい。できればドSの奈実にされたように、オムツを穿いたままいても立ってもいられなくなるような境地にまで追いこむ、そんな責め方はないだろうか。

「んっ？」

ふと眼にとまったオモチャ箱が、卑猥なインスピレーションを与えてくれた。中身を探ると、面白いものが出てきた。

オモチャのピストルだ。

それもリアルなピストルではなく、ＳＦ系アニメのヒーローが使っているような丸っこいデザインで、ひきがねを引くと銃口が振動する。レーザービームを発射するのを模して光を放ちながら、ドゥルルルルル……とヴァイブする。おまけに、園児が対決ごっこをするためか、同じものが二丁あった。

「ふふふっ、いいものが見つかりましたよ」

龍之介はオモチャのピストルを両手に持ち、両脚をひろげている叔母と奈実の前に立った。ひきがねを引き、銃口を振動させた。

「うんぐっ！」

「んんんっ！」

おしゃぶりを咥えたふたりは、それぞれに鼻奥で悶えた。裏側をすべて見せている白い太腿を、戦慄にひきつらせた。

むろん、悪鬼と化した二十歳の男がなにをしようとしているのか、想像がついたのだろう。

「ふふふっ。それじゃあ、変態保育園のお遊戯の時間、始まり始まり……」

龍之介は二丁の拳銃の先を、オムツに包まれたふたりの股間へと伸ばしていく。

5

「ぅんぐぐっ……ぅんぐぐうっ……」

「んんんんーっ！　んんんんんーっ！」

おしゃぶりを咥えたふたりが鼻奥で悶える声が、夕陽の射しこむ遊戯室にこだましている。どちらの素肌も生々しいピンク色に染まり、噴きだした汗が夕陽を浴びてテラテラと光っている。

龍之介は、オムツに包まれたふたりの股間をオモチャのピストルでいじっていた。万年筆のキャップのように丸みを帯びた銃口で女の割れ目をなぞりあげ、時折ひきがねを引く。ヴァイブレーターにも似た振動が、ゴワついた紙オムツに守られたふたりの秘所を嬲《なぶ》り、悶え声を絞りとる。

もう三十分以上もそんなことを続けているだろうか。

責められているふたりも汗まみれなら、責めている龍之介の眼も血走り、息がはずんでいた。これほど淫らな二丁拳銃を操っている者は、この世にふたりといないだろうと思った。

「アハハハ、叔母さんって本当にいやらしいですね。それじゃあ欲求不満の未亡人そのものですよ。もっと可愛く悶えられないんですか。奈実さんもですよ。いくら巨乳自慢でも、おっぱいタプタプ揺すりすぎです」

責めれば責めるほど龍之介は童心に返っていき、無邪気な笑顔とともに二丁のピストルを操った。実際、オムツ越しに女の部分を責めるほどふたりの反応は切羽詰まっていき、子供のころに遊んだどんなオモチャより夢中にさせてくれた。

「それじゃあ、今度はこれです」

オモチャ箱から新たなアイテムを取りだした。

今度はオートバイだ。手のひらに乗るほどのサイズで、床にタイヤをこすりつけてゼンマイを巻き、そのまま手を離せば走りだす仕組みである。しかし、変態保育園では走るところが床ではなく、女の体の上だ。凹凸に飛んだオフロードだ。

「いきますよ。いいですか、先に体から落としたほうが負けですからね。負けたほうがお仕置きですよ……」

龍之介はゼンマイを巻いたオートバイのオモチャを、ふたりのオムツの上に載せた。キュルキュルと回転しはじめた後輪がオムツ越しに股間をこすり、

「うんぐっ！」

「つくうっ！」

ふたりは眼を白黒させながらブリッジするように体を反らす。白い太腿をぶるぶると震わせながら、オモチャのタイヤがオムツの上で回転するのに耐える。やがてオートバイは、汗ばんだ素肌の上まで疾走し、乳房の方まで突き進んでいく。

「んんんっ……あああっ！」

先に体の上からオートバイを落としてしまったのは、叔母だった。落とした拍子に、口に咥えたおしゃぶりまで吐きだしてしまった。

「ダメだなあ、叔母さん」

龍之介は叔母の枕元に立った。

「園長先生なんだから、奈実さんにお手本見せなくちゃいけない立場でしょ。はい、口を開いて……」

言いながらズボンのファスナーをさげ、ブリーフごと脱いでいく。勃起しきった男根を取りだすと、叔母と奈実は揃って眼を見開いた。

「さあ、舐めてください」

龍之介は、そそり勃《た》った男根を口許まで運んだ。おしゃぶりを咥えていたせいで、叔母はそれを吐きだした瞬間、大量の涎で顎を濡らしていた。

「ああっ……もう許してっ……お願いっ」

叔母は眉根を寄せた泣きそうな顔で、いやいやと首を振った。

「ここまで辱めればもう充分でしょう。いい加減にこんなことっ……」

「ダメですよ。負けたらお仕置きって言ったでしょう」

龍之介は叔母の頭をつかみ、深紅の薔薇を思わせる唇を亀頭でめくりあげた。

「うんんんんーっ！」

鼻奥でうぐうぐと悶絶する叔母の口唇に、はちきれんばかりにみなぎった肉竿を深々と埋めこんでいく。おしゃぶりが分泌させた唾液が口内にあふれており、たまらなく心地よかった。すぐさま腰を動かして、じゅぼじゅぼと抜き差しを開始した。唇をめくりあげるたびに唾液が大量にあふれ、首にかけた涎かけが本領を発揮しそうなくらいだった。

「そーら、そーら。もっとちゃんと舐めてよ叔母さん。前はしてくれたでしょ？　僕の童貞を貰ってくれたときは、自分からしゃぶりまわしてくれたじゃない？」

言いながらぐいぐいと口唇を穿《うが》てば、叔母の顔はみるみる真っ赤に染まりきり、苦悶でくしゃくしゃに歪んでいった。奈実の前でそんなことを言わないでとばかりに、涙に潤んだ眼ですがるように見つめてきた。

しかし、叔母はいま、心身の苦痛ばかりを感じているわけではないはずだった。

全裸にオムツという異常なシチュエーションに加え、オムツの上から三十分も卑猥な愛撫を施されたことで、熟れた女体は確実に欲情しているはずだった。そして、欲

情していると きにフェラチオをすれば女も感じてしまうことを、叔母はかつて告白していたのだ。まだ女を知らない甥っ子のペニスを舐めしゃぶり、「叔母さん、興奮しちゃったわよ」と言っていたことを、龍之介はしっかり覚えていた。

（フェラすることで興奮するなら……それが女体のメカニズムなら……この状態でこんなことしたら、どうなっちゃうんだろうな……）

オモチャのピストルを手に取り、オムツの上から叔母の股間に銃口をあてた。ひきがねを引き、ドゥルルルルル……と振動を送りこんだ。

「んっ、んぐぅううううーっ！」

叔母はペニスを咥えたまま、五体の肉という肉を痙攣させた。両足を踏ん張り、開いた股間を上下に動かした。まるで正常位で繋がりあって、下から腰を使うような卑猥すぎる動きに、龍之介は息を呑んでしまう。

ほとんど獣だった。

叔母は、いよいよ人間の仮面を脱ぎ捨てて、獣の牝になろうとしていた。

「……ぅんあっ！」

龍之介が口唇からペニスを引き抜くと、涎を拭うこともできない状態でマットに倒れこんだ。虚《うつ》ろな眼つきで一瞬向けてきた眼には、やるせなさが浮かんでいた。ひとまわり以上も年下の甥っ子に狼藉の限りを尽くされていることを、咎めているわけではない。そうではなく、口や股間への刺激がなくなってしまったことがやるせないのである。

それに……。

おかしな一瞥を向けてきたのは、叔母だけではなかった。顔ごと犯されるようなフェラチオで責められていた叔母のことを、奈実も見ていた。いや、叔母そのものではなく、叔母が口に咥えこんでいた唾液まみれの男根に羨望のまなざしを向けていた。

だが龍之介は、涼しい顔でオートバイのオモチャを手に取り、

「ふふっ、それじゃあ二回戦を始めましょうか」

ゼンマイを巻いて、それぞれのオムツの上に載せた。

「うんぐっ！」

「つくうっ！」

ふたりは先ほどと同じリアクションをとったが、今度は奈実が先に落とした。あきらかにわざとだった。自分もお仕置きを受けたいがために、わざと負けたようにしか見えなかった。

「ああっ、いやっ……」

わざと負けておきながら、おしゃぶりを取ってペニスを口に近づけると、奈実はさもつらそうに眉根を寄せた。

「ねえ、龍之介くん、許してっ……わたし、いやよ、人前でこんなこと……ぅんぐうぅっ！」

言葉の途中で、口唇に亀頭を埋めこんだ。かつての放置プレイの仕返しとして、一瞬、だったら許しますと言ってやろうかと思ったが、奈実にも舐めてもらいたかった。サクランボのようにプリプリしたその唇で、おのが男根をしゃぶりまわしてほしかった。

「ぅんんっ……ぅんぐううっ……」

実際、奈実は自分から積極的に唇をスライドさせてきた。女は口の中にも性感帯があるのかもしれない。そうとしか思えない切実な顔つきで勃起しきったペニスを口から出し入れし、口内粘膜を隅々まで使って舐めてきた。龍之介がオモチャのピストルを使ってオムツを責めはじめると、期待どおりに、唇の動きはみるみる熱烈になっていった。

（ああっ、すごいよっ……たまらないよっ……）

龍之介はあまりの興奮に目頭が熱くなってきた。こんな状況でフェラチオを強要され、みずから淫らに唇を動かしている奈実も奈実だが、自分はそれ以上に正気を失っていると思った。叔母と奈実に代わるがわる口腔奉仕をされる快感の前に、正気でいられるわけがなかった。

（どうなってるんだろう？　ふたりのオムツの中、もうドロドロのぐしょぐしょなんじゃないか……）

ゴワついた紙オムツに隠された場所に思いを馳せれば、口から心臓が飛びだしそうなほど動悸が激しくなっていく。

一刻も早くオムツを脱がせてみたかった。

そして、猛《たけ》り勃ったペニスで、口唇ではないところをずぼずぼ穿ちたかった。しかし、このお仕置きゲームも早々に切りあげてしまうには名残惜しい。

もっとふたりを焦らしたい。

いても立ってもいられないくらい欲情させてみたい。

龍之介は結局、その後ゲームを十回続けた。

陶酔の時だった。

叔母と奈実が競って先に落とすようになったので、ゲームの規則を「先に落としたほうが勝ち」に変えなければならなかったけれど、夕陽の射しこむ遊戯室で、オムツをした女ふたりとペニスをそそり勃てた男ひとりは、その卑猥なゲームにのめりこみ、汗みどろ、涎まみれになって、肉悦に淫していった。

6

「ねえ、お願いっ……」

「ああっ、脱がせてっ……」

叔母と奈実が口々に言いながら、身をよじる。フェラチオのあと口におしゃぶりを戻すのが面倒になったので、ふたりは言葉を発することができるようになっていた。

「ふふっ、脱がせてほしいですか？」

龍之介は両手に持ったオモチャのピストルで、ふたりの股間を刺激している。ほぼ交互に舐めしゃぶられた男根は全長から陰毛まで唾液でびしょ濡れの状態で、釣りあげられたばかりの魚のようにビクビクと臍を叩いていた。

（そろそろ焦らすのも限界かな……）

先ほどから何度となく胸底でつぶやいているものの、美女にオムツのいやらしすぎる光景に見とれるあまり、先に進むことができないでいた。叔母と奈実はすでに興奮の限界を超え、一刻も早い挿入を願っている。

「ねえ、暑いのっ……オムツの中が蒸れすぎて暑いのよっ……」

叔母がハアハアと息をはずませれば、

「とりあえずオムツだけでも脱がせてよ。ああっ、お願いっ……」

奈実がねっとりと潤んだ瞳でねだってくる。オムツを脱がせば女の恥部が丸出しになってしまうのに、羞じらいよりも強く発情してしまっている。

「それじゃあ……脱がせてあげましょうかねえ……そろそろ……」

龍之介はもったいぶった口調で言いながら、叔母と奈実を交互に見た。どちらの顔にも複雑な表情が浮かんでいる。早く脱がせてほしい、でも先に脱がされるのは恥ずかしいという葛藤が、言葉にせずともひしひしと伝わってくる。

「まずは叔母さんからにしましょうか……」

龍之介は叔母のオムツに手をかけた。

「いちおうここの園長先生ですからね……この変態保育園の……」

「ああっ……あああっ……」

ビリッ、ビリッ、とマジックテープを剥がす音にさえ、叔母は悶えた。みずから脱がせてと言いつつも、濡れた股間を剝きだしにされるのはやはり恥ずかしいらしい。

「取りますよ……脱がせますよ……そーら」

龍之介がオムツをめくると、

「くぅうううっ……」

空気が漏れるような悲鳴とともに、叔母の女の花が咲き誇った。

びしょ濡れだった。

花びらはおろか、濃密に茂った黒い草むらからセピア色のすぼまりまで、失禁したように濡れまみれ、酸味の強い発情のフェロモンをもわもわとあたりに漂わせた。

「ああっ、いやあっ……いやあああっ……」

叔母の清楚な美貌は、濡れすぎた股間を露わにされた羞恥と、密封されていた湿地帯に新鮮な空気を浴びた解放感で、複雑に歪みきっていく。せつなげに眉根を寄せ、長い睫毛をフルフルと震わせながら、濡れた唇をわななかせる。

「やだなあ、叔母さん。これじゃあおしっこ漏らしたみたいじゃないですか。本当にオムツが必要みたいだ」

龍之介は叔母の両脚をぐいぐいと割りひろげながら、女の花に顔を近づけていった。グロテスクなまでにびしょ濡れになった恥毛や、濃密に漂う発情のフェロモンに、吸い寄せられるように唇をぴったりと押しつける。

「あぁうううーっ！」

女の割れ目をねろりと舐めあげると、叔母は背中を弓なりにのけぞらせた。すぐ隣に奈実がいるにもかかわらず、ひいひいと喉を絞ってよがり泣いた。

「ふふふっ。気持ちよさそうですね、叔母さん。こんなに濡れてるのに、舐めるとまだまだいやらしい蜜があふれてくる」

龍之介は言いながら、ねろり、ねろり、と割れ目を舐めあげた。やがて花びらがぱっくりと口を開くと、蜜のしたたる薄桃色の粘膜に舌を差しこんでくなくなとほじりまわした。

「あぁううーっ！　はぁうううーっ！」

叔母がちぎれんばかりに首を振る。腰をひねり、内腿を波打たせ、もっと舐めてと言わんばかりに、両脚を龍之介の首に巻きつけてこようとする。

だが、叔母にばかりかまけているわけにはいかない。

隣では、いまにも泣きだしそうな顔の奈実が、唇を嚙みしめてオムツを脱がされるのを待っている。

「……あふっ」

割れ目から唇を離すと、叔母はマットの上に体を弛緩《しかん》させ、発情に熱っぽくなった吐息をハアハアとはずませた。

それを尻目に龍之介は、隣の奈実の方に移動していく。女の恥部を丸出しにされることを、待ちこがれている淫らな保母さんが着けているオムツに手をかけ、ベリッ、ベリッ、とマジックテープを剝がしていく。

「さーあ、奈実さんもご開帳だ」

オムツをめくり、女の花を剝きだしにすると、奈実は解放感を嚙みしめるようにぎゅっと眼を閉じ、眼尻から歓喜の熱い涙を流した。

「あああっ……」

女の花の濡れ具合は、叔母に負けず劣らずだった。

龍之介は唇を押しつけ、発情のエキスを啜った。わざとじゅるじゅると大きな音をたて、呆れるほどの濡れ具合を本人に伝えてやる。

「あああああっ……あああああっ……」

けれども奈実は、羞じらうこともできずにあえぎ始めた。たわわに実った巨乳をタップン、タップンと揺れはずませながら、割れ目を舐められる愉悦に溺れていく。白い太腿をぶるぶると震わせて、待ちに待った刺激に酔いしれている。

「むううっ……むううっ……」

龍之介は鼻息も荒く舌を躍らせた。待ちに待っていたのは、なにも彼女たちだけではなかった。龍之介にしても、こうやって生身の女陰を舐めたくてしかたがなかったのだ。オムツを穿かせた美女ふたりもいやらしかったが、恥部を剝きだしにして発情のエキスをタラタラと垂れ流しているふたりを相手にするのは、それを上まわる特別な刺激があった。

偶然の展開でこんなことになってしまったが、これは女ふたりに男ひとりの三人プレイ。どんなモテ男でも滅多にできるものではない、掟破りのハーレムパーティなのだ。あちらの女の股間から、こちらの女の股間へ飛び移り、女の割れ目の味比べをすることができるなんて、田舎にいたときは夢にも思っていなかった僥倖《ぎょうこう》だ。

「ああっ、ひどいじゃないの龍之介くん……」

叔母が隣で痛切な声をあげる。

「奈実さんばっかりそんなに舐めてっ……叔母さんもっ……叔母さんのも、舐めてぇええええっ……」

龍之介は奈実の股間から顔を離して、叔母の割れ目を舐めはじめた。蝶のような形で開いている花びらを口に含み、ぬめりを拭うようにしゃぶりあげた。

「ああっ、いいっ！　いいわあああっっ！」

叔母は身も世もない風情でよがり泣き、濡れた股間を龍之介の口に押しつけてくる。汗にまみれた三十四歳のボディを淫らがましくくねらせて、歓喜の極みに落ちていく。

するとと今度は奈実が、

「ねえ、龍之介くんっ！　わたしもっ……わたしもっ……」

腕をつかんで引っ張ってきた。

龍之介は叔母の花から口を離して、奈実の花を舐めはじめた。

まるで、花から花へと移動しながら甘い蜜を吸う、蜜蜂にでもなった気分だ。

「ああっ、そこっ！　クリを吸ってて……もっと吸ってええっ……」

「ああっ、叔母さんもっ……叔母さんのオマ×コも舐めてえええっ……」

「わたしのオマ×コのほうがおいしいでしょ？　わたしのオマ×コおいしい？」

「くぅううっ！　ねえ、舐めるだけじゃなくて指もっ……オマ×コに指を入れてええっ……」

「はぁううっ！　掻き混ぜてっ……オマ×コ奥までぐちょぐちょに掻きまわしてええっ……」

　もはやすべてを吹っきったかのように、叔母と奈実は卑猥な四文字を連呼し、競いあうように乱れに乱れた。

（ああっ、すごいよっ……たまらないよっ……）

　龍之介はどこまでも淫らになっていくふたりの姿に激しく興奮を誘われながら、割れ目を舐めて、指でいじった。

　ふたりを同時に責めはじめると、叔母と奈実の脚がからみあい、やがて体もからみあっていった。

　気がつけばふたりは横向きの体勢で抱きあっており、同じような格好で脚を開いていた。龍之介は顔中が獣じみた匂いのする粘液でベトベトになっていくのもかまわず、ふたつ並んだ女の花を責めつづけた。

7

（俺もなかなかやるじゃないか……）

龍之介はふたつの女陰と戯れながら、胸を熱くしていた。考えてみれば、奈実には最初オムツの中で射精させられ、叔母に童貞を捧げたときは恥ずかしいほどの速さで自分勝手に暴発してしまった。

それがどうだ。いまやそのふたりを手玉に取り、二対一というハンディキャップマッチにもかかわらず、ひいひいよがり泣かせているのである。

（よーし、あとは最後の仕上げだな。ふたりとも濡れまくってることだし、交互にずぼずぼ突っこんでやろうか……）

ところが、いよいよ挿入に移ろうと腹を決めた瞬間だった。

「くぅうっ！　もう我慢できないっ……」

叔母が切羽詰まった声をあげ、龍之介にむしゃぶりついてきた。

「えっ……ええっ？」

突然のことだったので龍之介は受けとめることができず、マットに倒れてしまった。油断していた。いわゆる鶯《うぐいす》の谷渡り——ふたりを四つん這いで並べ、代わるがわる後ろから犯してやろうと思っていたのに、叔母に騎乗位の体勢を整えられてしまった。

「ああっ、いくわ……いくわよ……」

龍之介の腰の上で両脚をM字に開き、びしょ濡れの花園に亀頭をあてがった叔母の眼つきは、欲情に取り憑かれて完全におかしくなっていた。

「んんんっ……」

結合部分を見せつけるようにして、叔母は腰を落としてきた。アーモンドピンクの花びらが亀頭にぴったりと吸いついて、巻きこまれていく。痛いくらいに勃起しきった肉茎が、ずぶずぶと呑みこまれていく。

(食べられるっ……俺のチ×ポが叔母さんのオマ×コに食べられるっ……)

呆然とする龍之介を濡れた瞳で睨めつけながら、叔母は男根を半分ほど咥えこんだ状態で股間を小さく上下させた。女の割れ目で亀頭をチャプチャプ舐めしゃぶってきた。肉と肉とを馴染ませる必要のないくらい濡れた蜜壺は、その刺激にタラタラと花蜜を垂らして応えた。血管のぷっくり浮かんだ肉竿の表面に、溶けた蝋のように花蜜が筋をつくって垂れてくる。

「んんんんーっ！」

叔母は最後まで腰を落としきると、結合の衝撃に赤い唇をわななかせた。唾液で濡れまみれた薔薇の花のような紅唇は、さながら女陰のように見えた。

「あぁっ、きてるっ……」

女陰のような紅唇が、淫らに震える声をもらす。

「いちばん奥までオチ×チンが……オチ×チンがきてるうううううーっ！」

絶叫すると、長い黒髪を振り乱して腰を使いはじめた。童貞を捧げたときも、叔母の腰振りのいやらしさには度肝を抜かれたが、その比ではなかった。M字に開いた股間をしゃくり、お互いの陰毛をからめあわせるようにして、むさぼるように腰を振りまわしてきた。

「はぁうううーっ！　いいっ！　いいわあっ……」

腰を振りながら汗を飛ばし、淫らな咆吼《ほうこう》を撒《ま》き散らす。

「オチ×チン硬いっ！　オチ×チン硬いっ！　龍之介くんのオチ×チン、とってもいいいいいいいいーっ！」

ぬんちゃぬんちゃっ、ぬんちゃぬんちゃっ、と粘りつくような音をたて、腰を振りたてる。やがて両脚を前に倒し、むっちりした太腿で龍之介の腰を挟んでくると、股間をしゃくるピッチはさらに加速した。ぐりんっ、ぐりんっ、と腰のグラインドまで織り交ぜて、そそり勃つ男根をしゃぶりあげてきた。

「むむむっ……むうううっ……」

龍之介は真っ赤に茹だった顔で叔母を見上げていた。嫌な予感が脳裏をよぎっていく。童貞を失ったとき、まさにこの体位であっという間に射精に追いこまれたのである。

（まずいっ……まずいぞっ……どうにかしなきゃ、また……）

勃起の芯に痒みにも似た射精欲が疼きだしたのを感じ、焦ってしまう。けれども、龍之介はもう、童貞ではない。イキそうになったら体位を変えたほうがいいという知恵くらいはあった。

しかし、そのとき、

「ああんっ、わたしだけ仲間はずれにしないでっ！」

それまで指を咥えて眺めていた奈実が、龍之介の顔にまたがってきた。失禁したように濡れまみれた股間を押しつけ、クンニリングスを求めてきた。

「むぐぐっ……」

女陰に鼻と口を塞がれ、龍之介の息はとまった。それでも奈実はおかまいなしに、顔面騎乗位で一方的に腰を使いはじめる。興奮に肥厚した花びらをひらひらさせて、獣じみた匂いを放つ発情のエキスを龍之介の顔中に塗りたくってくる。

「ああっ、舐めてっ！　舌を使ってよ、龍之介くんっ！」

求められるままに舌を動かせば、奈実の腰振りはますます激しくなり、漏らす粘液の量もいや増していく。

（息がっ……息ができないっ……）

龍之介は窒息寸前の状況にあえぎながらも、興奮だけは天井知らずに上昇し、全身を震いたたせた。はちきれんばかりに硬くなった男根に与えられる蜜壺の感触と、顔中をひらひらと泳ぎまわる濡れた花びらの感触が、そうさせた。ふたつの女陰を同時に味わっているという実感が、頭の中に火をつけた。

「むむむっ」

もはやヤケクソの気分で、右手を奈実の股間に伸ばしていく。薄桃色の粘膜をぴちゃぴちゃと舐めまわしながら、濡れた繊毛を指で掻き分け、肉の合わせ目にある女の急所を探った。「ファックユー」スタイルで突きたてた中指で、真珠色の肉芽をねちねちといじり転がした。

「はっ、はぁうううううぅーっ！」

奈実が歓喜の絶叫を放つ。

「いいよ、龍之介くんっ！　気持ちいいっ！　クリがとっても気持ちいいいーっ！　イッちゃうっ……わたし、イッちゃいそうっ……」

「ああっ、わたしもようっ！」

叔母も喜悦に歪んだ声をあげた。

「もうイッちゃいそうっ……ああっ、すごいっ……」

言いながら両手を伸ばし、奈実のたわわな巨乳をつかんだ。驚くべきことに、汗にまみれた保母さんの乳肉に、細い指先をぐいぐいと食いこませはじめた。

「ねえ、奈実さんっ……一緒にイキましょうっ……ああっ、一緒にっ……」

いやらしく尖りきった乳首までくりくりと指で転がしはじめ、

「ああんっ、いやんっ！」

奈実は困惑顔で眉根を寄せた。同性の指で乳首をつままれる恥辱に悶えつつも、こみあげる快感には抗いきれない。

「いいっ、園長先生っ！　おっぱいとっても気持ちいいいいーっ！」

「ああっ、気持ちよくなってっ！　奈実さんっ、もっとっ……もっとようっ！」

「むぐっ……むぐぐぐっ……」

三人の動きが完全に一致し、淫らなリズムが共有された。叔母が腰を振りながら奈実の乳首を刺激すれば、奈実は龍之介の顔を濡れた花びらで撫でまわす。龍之介は顔中をぬるぬるにされる刺激にあえぎつつ、ブリッジするように腰を反らせる。いやらしく身をくねらせている叔母の股間を、ずんずんと突きあげてやる。

「あああっ、ダメッ……もうダメッ……」

最初に限界に達したのは叔母だった。

「わたし、イクッ……もうイッちゃうっ……イクイクイクイクイクッ……はぁうううううーっ！」

長く尾を引く悲鳴をあげて、ビクンッ、ビクンッ、と体を跳ねあげると、続いて奈実が、

「はぁああああっ……わたしもっ……わたしもイクゥウウウウウーッ！」

逞しい太腿で龍之介の頭をぎゅうっと挟み、恍惚《こうこつ》への階段を一足飛びに駆けあがっていく。

「むぐぐっ……」

オルガスムスに達した叔母の蜜壺がぎゅうぎゅうと収縮し、龍之介も射精欲をこらえきれなくなった。腰を反らせてずんっと突きあげると、それが最後の楔《くさび》となった。

煮えたぎる欲望のエキスを、ドクンッ、ドクンッ、と叔母の中に放出した。

「むぐぐううっ……むぐうううううーっ！」

「はぁうううっ……はぁうおおおおおーっ」

「くぅううううっ……くぅうううううーっ」

喜悦に歪んだ声を複雑にからめあい、三者三様に身をよじった。長々と続いた射精を終えると、息苦しさも手伝って龍之介は意識を失ってしまいそうになった。このまま失神してしまえば、天国にでも行けるような気分だった。

しかし……。

そんな甘いエンディングは、この変態保育園では許されないようだった。

ようやく顔の上から濡れた股間がどけられて、新鮮な空気を吸いこんで蘇生しようとしていると、

「今度はわたしの番よ」

叔母に代わって奈実が、龍之介の腰にまたがってきた。

「さすが二十歳のオチ×チンね。たっぷり出したのに、まだこんなに硬い……」

「ちょ、ちょっと待ってくださいっ……」

龍之介は焦った。少しは休ませてほしかった。せめて呼吸を整える時間くらいは与えてほしかったが、

「いくわよ……」

奈実はM字に開いたみずからの股間に、そそり勃った男根を呑みこんでしまった。

3Pの主導権はいつしか欲情しきったふたりの女に移っていた。

「んんんーっ！　やっぱり……やっぱりオチ×チンがいいっ！　オチ×チンでイカせて、龍之介くんっ！」

快楽に蕩《とろ》けきった顔を龍之介に向け、奈実は叔母にも負けない勢いで激しく腰を振りたてはじめた。

第六章　意地悪言わないで

1

東京を引き払う日が近づいてきた。

今日をのぞけばあと三日で、〈H保育園〉でのアルバイトは終わる。

ここ数日、保育園の雰囲気は最悪だった。といっても、龍之介、叔母の有希子、奈実の三人に限った話ではあるが、言葉を交わすどころか、眼を合わせるのも避けあっている状況だった。

もちろん、遊戯室で行なわれた淫らすぎる3Pのせいである。

三人が三人とも普段の仮面を脱ぎ捨てて獣の牡と牝になり、あさましいまでに肉の悦びだけを追い求めた。思いだすだけで赤面するほどの恥ずかしさと、そんな姿を見せあった気まずさのせいで、口もきけなくなってしまったのである。

あの日、龍之介は結局、深夜までに計六回の射精を果たした。

いくら二十歳の若さがあり、精力をもてあましているとはいえ、異常な数字だろう。叔母と奈実の中に三発ずつ煮えたぎる欲望のエキスを注ぎこみ、彼女たちはおそらく、その倍以上オルガスムスに昇りつめた。

「……忘れましょう」

すべてが終わったあと、叔母が血を吐くような顔で言った。三人とも汗と性液にまみれ、獣じみた淫臭をむんむんと放って、マットの上から動けなかった。

「すべてなかったことにしましょう……わたしも全部忘れるから……」

龍之介と奈実は黙ったままうなずいた。たしかに、そうするしかなかった。なにしろそこは、叔母と奈実にとって神聖な職場、毎日園児たちをあやしている場所なのである。記憶のメモリーから消し去ってしまわなければ、仕事にならないことは想像に難くなかった。

「ちょっと龍之介くん……」

ベランダで洗濯物を取りこんでいると、叔母が声をかけてきた。やはり決して眼を合わせずに、封筒を差しだしてくる。

「これ、アルバイト代。実家に帰る新幹線のチケット、もう買っておいたほうがいいと思う」

「はあ……」

ぼんやりしている龍之介の手に封筒を押しこむと、

「淋しくなるわね、あと三日でお別れなんて。頑張ってくれたから、アルバイト代、はずんでおいたからね」

叔母は言い置いてそそくさとベランダを後にした。

淋しくなるなんて嘘に決まっている、と龍之介は思った。むしろせいせいすると言ったほうが正解だろう。封筒の中身は、たしかに予想以上の金額が入っていた。口どめ料のつもりもあるのかもしれない。

(まいったなあ……)

洗濯物の取りこみ作業を終えた龍之介は、駅まで新幹線のチケットを買いにいくことにした。散歩がてら、川べりの道を歩いた。

ひどく落ちこんでいた。

欲望の鬼と化して3Pを行なった直後は、その背徳的な行為に溺れてしまった罪悪感にまみれていたのだが、数日経ったいまは少しニュアンスが違っている。

たしかに、保育園の遊戯室であそこまでしてしまったのは最低であると思う。いくら頭に血が昇っていたとはいえ、奈実にオムツをさせられたお返しをし、叔母にまで同じことをさせてしまったせいで、ふたりとも後戻りができなくなったのだ。園長先生や保母さんの仮面を脱ぎ捨てさせ、ただ一匹の牝として肉欲を求めるようになったのは、元はといえばすべて自分のせいなのである。

しかし、ならばすべてを忘れられるのかというと、そう簡単なことではなかった。

忘れようという努力はしてみたものの、ふたりがオムツをして悶えている姿が毎晩夢に出てくる。二日経ち、三日が経つうちに罪悪感は徐々に薄れたが、その代わり、もう一度3Pをしてみたいという耐え難い欲望に、頭が支配されていくようになった。

（でもなあ……）

さすがにもう一度3Pに誘う勇気はなく、誘ったところで願いが叶うはずがなかった。叔母の狼狽えぶりは痛々しいほどだし、本性ドSな奈実にしても露骨に龍之介を避けている。龍之介はあと数日で東京を離れ、田舎に帰ってしまうけれど、彼女たちはこれからも同じ保育園で働きつづけるのだ。とにかくすべてを忘れたいという気持ちでいることは間違いない。

「龍さまーっ！」

突然、後ろから声をかけられ、振り返った。

土手の上を女が小走りに近づいてくる。

遠眼にも背の高さが際だっている女だった。ぴったりしたレモンイエローのニットに、大胆に脚を出した白いミニスカート。踵の高いミュール……。

夏希である。

大きな体をふたつに折り、膝をつかんでハアハアと息をはずませている。

「よかった。追いついた……」

「龍さまって言うな」

龍之介は苦虫を嚙み潰したような顔で言った。

「つーか、なにやってるんだよ。まだ東京にいたのか……」

「保育園に行ったら、いまちょうど駅に行ったところやって……きっとこの道やろうって、園長先生が教えてくれて……」

「だから、なんでまだ東京にいるんだって？」

「意地悪言わんといて……」

夏希はいまにも泣きだしそうな顔で言った。

「このままじゃうち、帰るに帰れないもん……」

「そんなこと言われても困るんだよ」

龍之介は歩きだした。夏希があとをついてくる。

「いくらそうやってしつこくされても、付き合うことなんかできないって、いい加減わかってくれよ」

「でも……」

「でもじゃない」

「……そう」

夏希は力なく肩を落としながら言葉を継いだ。

「じゃあもう、諦めるしかないのね……こうやって東京まで来たうちを、そこまで冷たく拒否るのね……」

「あのなあ……」

龍之介は立ちどまって夏希を睨みつけた。

「だから最初から言ってるじゃないか。俺には理想があるからダメだって。それをおまえが……」

「わかった、わかりました」

夏希はみなまで言うなとばかりに手をかざした。

「そこまで言うなら、もう龍さまのことは諦めます」

「わかればいいんだよ」

「でもその代わり、一日だけデートして」

「はあ？」

龍之介は声をひっくり返した。

「デートだと？　どうしてそんな条件がつくんだよ」

「だって、うち、お小遣いはたいて東京まで来たんよ。なんにもいい思い出がないなんて、淋しいじゃないの」

「知るもんか、そんなこと」

「いいじゃない？　それでもう、うちに追いかけまわされなくてすむんだから、そう思えば一度くらい……」

「いや、まあ……そうかもしれないけど……」

まったく訳のわからないことを言いだすものだと呆れつつも、龍之介は別のことに気をとられていた。

いつもほど、夏希のことを大きくは感じなかったのである。

龍之介の背が急に伸びたわけでもないし、夏希が小さくなったわけでもない。それどころか、かなり踵の高いミュールを履いているのに、どういうことだろうか。

「お願いしますっ！」

夏希は拝むように両手を合わせた。

「龍さまのこと、きっぱり諦めるって約束しますから……だから一度だけデートしてくださいっ！」

「そんなこと言われても、こっちもバイトの途中だし……」

龍之介はそっぽを向いて言った。まだ昼さがりなので、やるべき作業はたくさん残っている。駅で新幹線のチケットを買ったら、すぐ保育園に戻らなければならない。

「うち、園長先生にお願いしてきたから」

夏希は両手を合わせたまま気まずげに片眉をもちあげた。

「龍さまを貸してくださいって……これから半日アルバイト休ませてくださいって頼んで、OKもらったから」

「お、おまえ、なにを勝手に……」

龍之介が怒りに眼を吊りあげると、夏希は「ひゃっ！」と変な声をあげて頭を抱えた。その滑稽な仕草に龍之介は毒気を抜かれ、深い溜息をもらした。

「ったく……だいたい、デートってどこに行きたいんだよ？」

「どこでもいいの。渋谷でも新宿でも、都会っぽいところをふたりで散歩するだけで」

「……まあ、いいけどね」

龍之介は溜息まじりにつぶやいた。

「バイトを休んでもいいなら、ちょっとくらい付き合ってやっても」

「本当に？」

夏希の眼が輝いた。

「本当にいいの？　うち、絶対最後まで拒否られると思ってたのに……嬉しい！」

「だったら、最初から言うなよ。散歩するくらい、べつにいいよ。それで二度と追いかけまわされないなら、お安いご用だ」

龍之介は自分でも、なぜそんなことを言ってしまったのか不思議だった。ふたりの身長差はゆうに十センチ以上あり、普通なら並んで歩くだけでもあり得ないことだからである。

〈H保育園〉に戻りたくない、という心理が働いたのかもしれない。

あの3P以来、叔母は夜の外出を控えるようになった。

龍之介に対し、「出会い系サイトで男あさりなんてしてません」と猛アピールするように、手のこんだ夕食をつくってくれていた。それはありがたいのだが、なにしろ口もきかなければ眼も合わせない気まずいムードの中なので、ふたりで食卓で向きあっていると味などまったくわからず、ただの苦行にしか感じられなかった。

2

龍之介と夏希は電車で渋谷に向かった。

東京の地理に明るくない龍之介が、「渋谷に行きたい」という夏希の意見に従った格好だった。

「暑いな、しかし……」

龍之介は頭上でギラギラと燃え盛る太陽に顔をしかめた。

残暑もここに極まれり、という天気だった。〈H保育園〉のある郊外はそうでもないが、盛り場に来るとアスファルトの照り返しがすごい。エアコンの室外機が吐きだす熱風もある。あまつさえ、駅前はすさまじい人混みで、体感温度が急上昇した気がした。

「こんな暑いなか散歩してたら熱中症になっちゃうよ」

「そうね……」

「どっかでお茶でも飲もう。冷たいものでも飲まないとやってられないよ……」

龍之介は言いつつも、センター街の人混みの中をあてもなく歩いていることが、嫌ではなかった。

暑さは本当に耐え難かったけれど、すれ違う男たちの多くが、夏希に視線を投げ、中には振り返る者までいたからだ。

最初は、大都会でも夏希ほど背の高い女は珍しいのかと思った。しかし、そうではないらしい。身長以上に、丈の短いスカートからすらりと伸びた脚線美が、注目の的になっているのだ。

龍之介にとって夏希はストライクゾーンを大きく外れたボール球なので気にもかけ

なかったのだが、よく見ればばかなり大胆な格好をしていた。

レモンイエローのニットは体に貼りついて砲弾状に迫りだした胸の形が丸わかりだし、白いマイクロミニにしてもぴったりしたデザインなのでヒップの丸みがやたらと際だっている。おまけに腰の位置が高く、鋭くくびれているから、すれ違う男たちの視線を集めてしまうらしい。

『おっ、いい女』

『超グラマーじゃん』

『彼氏が羨ましいねえ』

そんな心の声まで聞こえてきそうな表情で、上から下まで夏希の体に視線を這わす。

悪い気分ではなかった。

龍之介はいつしか、夏希を従えて歩きながら胸を張っていた。

ダイナマイトボディであろうがなかろうが、自分より背が高い女を連れて歩くなんて、想像しただけでげんなりしたのに、今日に限ってそうではない。渋谷のセンター街という非日常的な空間で、都会の男たちが夏希に振り返るたび、たまらなく優越感をくすぐられた。

（いかん、いかん……）

一瞬、夏希と付き合ってもいいかなという想念が頭をよぎり、龍之介はあわてて首を振った。

一時の気の迷いで彼女を受け入れたら、大変なことになってしまう。なにしろ、自分がひと眼惚れしただけで、これほどしつこくつけまわしてくる女なのだ。勘違いに拍車がかかれば、勝手に婚姻届を出すくらいのことはしてしまいそうである。

「……んっ？」

不意に手を握られ、龍之介は振り返った。

「なんだよ？」

「うち、買ったばっかりのミュールなの」

夏希が上目遣いでささやいた。

「で？」

「足が痛いから、もうちょっとゆっくり歩いて」

「わかったよ」

「お願いします」

「わかったから、手を離せよ」

「はぐれちゃいそうだから、繋いでちゃダメ？」

「……いいけどね」

龍之介は溜息まじりに歩きだした。夏希が手を繋いでいたいのは、はぐれてしまいそうだからではないだろう。しかし、こちらにしても曲がりなりにもデートを了解したのだから、あまり拒みつづけるのも男らしくない。

「嬉しい、龍さま。こうしてくれるだけで、きっとうちには一生の思い出になる」

夏希が背中を丸めて身を寄せてきたので、

「おい」

龍之介は眼で制した。

「みっともないから、猫背になるな。背筋を伸ばして歩けよ」

「う、うん……」

夏希は鳩が豆鉄砲を食らったような顔をした。怒られるにしても、身を寄せたことに対して怒られると思っていたのだろう。

「そのほうがカッコいいから、まわりがみんなおまえを見てるから」

「うちが背が高いの、気にしてるんじゃないの？」

「気にしてないよ、そんなこと」

「本当？　うちはてっきり、背が高いせいで龍さまに振り向いてもらえないのかって思ってた……」

「だったら、なんでそんな踵の高い靴履いてるんだよ。よけいに身長差ができるじゃないか。無神経な女だな」

「ごめんなさい……でも、ミニスカートにぺったんこの靴だとおしゃれじゃないし……怒った？　無神経な女だって嫌いになった？」

「べつに……」

龍之介はふっと苦笑した。

「おまえが無神経なことなんて先刻承知さ。それに……たしかに踵の高い靴を履いたほうがカッコいい。よく似合ってるよ」

「……龍さま」

夏希は涙ぐんで手を握りしめてきた。龍之介も握り返した。大都会に降り注ぐ晩夏の太陽は眼もくらむほどの灼熱で、ふたりの手のひらはみるみる汗にまみれていったけれど、離すことはできそうになかった。

百貨店やセレクトショップで涼《りょう》をとりながら、夜まで散歩を続けた。日が暮れていくほどに、夏希は口数が少なくなっていった。当たり前といえば当たり前だが、「思い出づくりのデートの時間」が終わりに近づいていくほどに、持ち前の無駄な元気がなくなっていった。

夜になると酒を飲みにきた人たちが流れこんできて、センター街や公園通りはいちだんと活気を増していったが、龍之介もさすがに疲れてしまった。人混みを避けてしばらく歩いていくと、ひっそりとした公園に行きついた。

「ちょっとそこで休んでいくか？」

夏希の手を引いて入っていく。どこかの店に入ってもよかったのだが、なんとなく明るい店内で向きあいたくなかったので、夜闇のベンチに並んで腰をおろした。

「そろそろお別れだな……」

龍之介は長い溜息をつくように言った。

「まあ、夕食くらいは食べてから解散にするけどさ。なにが食べたい？」

「そういうこと言わんといて……」

夏希はベンチに腰をおろしても握った手を離してくれなかった。

「お別れとかそういうことは……」

「だって、そういう約束じゃないか」

「そうだけど……」

「約束は約束なんだから、ちゃんと守れよな」

言いつつも、龍之介は一抹の罪悪感を覚えていた。女にしつこく追いまわされたことなどないから、いささか冷たくしすぎてしまったかもしれない。いくら理想とかけ離れているとはいえ、もう少しやさしくしてやればよかったのではないか。

それに……。

田舎ではあれほど気になっていた身長差が、都会ではそれほど気にならなかった。人混みですれ違う男たちが彼女に向ける視線さえ、心地よく感じてしまった。

都会では、夏希程度に背が高い女が珍しくないからだろうか？

それとも、他に理由があるのだろうか？

たとえば、童貞を捨てたことで男としての自信を得たとか……。

夏希には口が裂けても言えないが、年上の女ふたりを向こうにまわし、３Ｐまで体験してしまったことが、心に余裕を与えているとか……。

「ねえ、龍さま……」

夏希がもじもじと身をよじった。

「なんだよ？」

「これからどうする？」

「だから飯食って……」

「解散？」

「ああ」

「あのね……あのね、実は……」

夏希は息を呑み、上目遣いで見つめてきた。

「うちの泊まってるホテルがすぐそこで……ベッドが余ってるんだけど……」

汗まみれの手をぎゅっと握ってくる。

「よかったら……その……泊まっていかん？」

「なに？」

龍之介はにわかに心臓が早鐘を打ちはじめるのを感じた。

3

次のひと言を発するまで、たっぷりと一分以上の時間が必要だった。

「どういう意味だよ？」

龍之介が訊ねると、夏希は顔をそむけた。

「泊まっていけってことは、抱いてくれってことか？　エッチなことしようって誘ってるのか？」

夏希のそむけた顔がみるみる赤く染まっていく。

ハッと笑い飛ばしてしまえばよかった。いままで通り、どれほど熱烈なラブコールを送られても邪険に扱ってきたように、「ふざけるな」「迷惑だ」「約束と違うじゃないか」と吐き捨ててしまえばそれで終わりだった。

しかし、龍之介の口から出た言葉は、自分でも意外なものだった。

「そういうこと誘ってくるってことは……おまえ、経験あるの？」

どういうわけか、ひどく気になった。

夏希は言葉を返さなかった。

十秒ほどして、よくやくコクリと顎を引いた。

（まあ、そりゃそうか……）

夏希はふたつ年上だから、大学四年の二十二歳。いまどきその年までヴァージンを守っている女は珍しい。二十歳になっても女を知らなかった龍之介のほうが、むしろ奥手のレアケースなのだろう。

（しかし……こんなでっかくてグラマーな体で、いったいどんなセックスするんだろうな……）

健康的で天真爛漫な夏希でも、ベッドで男に性感帯をまさぐられれば、いやらしく眉根を寄せてよがるのだろうか？

童貞時代と違って、その様子を生々しく想像できてしまった。

なにしろあの清楚な叔母でも、可愛い保母さんの奈実でも、いざとなったら獣の牝に豹変するのである。夏希だって、いざとなったら淫らな女になるのかもしれない。大きな体を波打たせて、オルガスムスをむさぼってもおかしくない。

「……やだ」

そのとき、夏希が唐突に身を寄せてきた。誘いの続きをしようとしているにしては、いささか様子がおかしかった。龍之介の肩に顔を押しつけて震えている。

「どうかしたのか？」

声をひそめて訊ねると、

「後ろ……見て……」

夏希は大きな体を縮みこませ、眼を伏せたまま言った。

いったいなんだろうと、龍之介は夏希の背後に視線を伸ばした。二、三メートルの距離を置いて、自分たちが腰かけているのと同じようなベンチがあり、自分たちと同じように若い男女が身を寄せあっていた。

しかし、ただ身を寄せあっているだけではなく、大胆に抱擁しあい、唇を重ねていた。いや、吸いあっていた。耳をすませば、アッハン、ウッフンという女の吐息が聞こえ、ネチャネチャと舌と舌をからめあう音まで聞こえてきそうだった。

「……と、東京もんは、けっこう大胆なんだな」

龍之介は声をひそめて苦笑した。人里離れた山奥にある公園ならともかく、ここは東京のど真ん中、渋谷である。あえて人目につきそうなこんなところでディープキスに耽るのが都会流というやつなのだろうか。

「ねえ、ちょっとあっちも……」

夏希にささやかれて視線を移すと、逆隣のベンチでも若いカップルが熱烈に舌を吸いあっていた。いや、それだけではない。向かいのベンチでも、滑り台やジャングルジムの陰でも、至る所で男と女が身を寄せあい、熱い抱擁や口づけを交わしていた。

（どうなってるんだ、この公園……）

龍之介の住む田舎町にも「ナンパ橋」という出会いを求める男女が集《つど》う場所があるけれど、それと似たようなものなのかもしれない。そういえば、それほど大きな公園ではないのに、カップルばかりがやけに目立つ。

「ねえ、龍さま、行きましょう……」

夏希が不安げに眉根を寄せた。

「こういうところ、うち、好かん」

その言葉に、龍之介はカチンときた。悪いことを言ったわけではないけれど、揚げ足をとってやりたくなった。

「行こうって、おまえの泊まってるホテルへか？」

皮肉っぽい口調で言うと、夏希は気まずげに眼をそらした。

「ホテルへ行ってなにするんだ？　え？　ここにいる連中と同じようなことしたいんじゃないかよ。ええ？」

「意地悪言わんといて……えっ？」

夏希の眼が大きく見開かれた。

龍之介が肩を抱き寄せたからだ。渋谷に来てからずっと手は繋いでいたけれど、そこまでしたのは初めてだった。夏希の甘い汗の匂いが鼻についた。

「ど、どうしたの……龍さま？」

「そんなにしたいなら、してやるよ……」

「えっ？　ええっ……ぅんんっ！」

龍之介は夏希の唇を奪った。体つきと同じくらいグラマーな唇だった。そんなことをすれば取り返しのつかないことになりそうだったけれど、欲望がそれを上まわった。この天真爛漫な大女を、エッチな意地悪でいじめてやりたくなったのだ。

「ぅんんっ……ぅんんんっ……」

唇を開き、ぬるりと舌を差しこんだ。舌と舌とをからめてやると、夏希の眼の下はみるみるねっとりしたピンク色に染まっていった。

「……どうだい？　こういうことがしたかったんだろ？」

唇を離してささやくと、

「ううう……でも……でも、ここじゃあ……」

夏希は身をすくめ、視線をあたりに泳がせた。隣のベンチでは、口づけをしながら男が女の乳房を揉んでいた。

「東京もんに負けてらんねえ」

龍之介は夏希の肩を強く寄せ、胸のふくらみに手を伸ばした。レモンイエローのニットを砲弾状に盛りあげている乳房を、服の上からぐいぐい揉んだ。

「ああぁっ……いやっ……やめて、龍さまっ……」

夏希がいやいやと身をよじる。龍之介は不思議な気分だった。極端に身をすくめているせいで、夏希の体が意外なほど小さく感じられたのだ。

「すごいでっかいおっぱいだな……」

ぐいぐいと揉みしだくほどに、龍之介の鼻息は荒くなっていった。服とブラジャーの上からでも、すさまじい大きさが伝わってきた。若さのせいだろうか、サイズだけなら叔母や奈実も大きかったけれど、重量感があった。隆起の内側にみっちりと肉が詰まっているような弾力に富んでいた。

「ああっ、許してっ……許して、龍さまっ……ぅんんっ！」

うるさい口をキスで塞ぎ、さらに乳房を揉みしだいていく。服の上からでは我慢できなくなり、ニットの中に手指を忍びこませた。レースだろうか、ざらついたブラジャーの感触に欲望を揺さぶられながら、さらに熱烈に乳房を揉みしだく。

「ぅんんっ……ぅんんんっ……」

つらそうに眉根を寄せつつも、夏希の吐息が高ぶってきた。じゅるじゅると唾液を啜ってやると、遠慮がちではあるが夏希も唾液を吸い返してきた。龍之介がブラジャーの上から乳首をコチョコチョとくすぐったので、その刺激に耐えるため、キスに没頭するしかなかったのだ。

（へへっ、みんなこっちを見てるじゃないか……）

さりげなくまわりを見渡せば、あちこちのカップルが龍之介たちのベンチに視線を送っていた。いまにもブラジャーが見えそうな大胆な愛撫に加え、グラマラスな大女を小男が責めている図が珍しいのだろう。

しかしもう、龍之介は劣等感を覚えていなかった。むしろ優越感さえ覚えながら、夏希の舌を吸い、乳房を揉んでいた。まわりのカップルに対してもそうだし、夏希に対してもそうだった。

自分より背が高いことが、いったいなんだというのだろう。自分より背が高い女をひいひいよがり泣かせてこそ、むしろ男子の本懐なのではないか。そう、柔道で大男を投げ飛ばすことが快感なように……。

「んんんっ！」

夏希が驚いたように眼を見開いた。

龍之介の手指が胸のふくらみを離れて下肢に這っていったからだ。むっちりと逞しい太腿をむぎゅむぎゅと揉みしだきつつ、スカートをめくろうとしたからだ。

「んんんっ！　んんんんーっ！」

夏希は口を吸われながら、必死になって首を振った。それだけはやめてという、心の声が聞こえてくるようだった。

「……泊まっていってもいいぞ」

龍之介は唇を離してささやいた。

「ここで途中までやらせてくれるなら、朝まで一緒にいてもいい」

夏希は一瞬息を呑み、

「……と、途中までって？」

上ずった声で訊ねてきた。

「途中までって言ったら途中までさ……」

龍之介は夏希の太腿を揉みしだいた。脚を開けとばかりに強く揉み、太腿の間に無理やり手指を差しこんでいく。

「ううっ……恥ずかしいっ……恥ずかしいよ、龍さまっ……」

夏希は涙ぐんだ声を出したが、

「恥ずかしいことに誘ってきたのは自分じゃないか」

龍之介は許さなかった。片脚を自分の膝にフックし、もう片方の脚をベンチの上で立てさせる。変形のM字開脚にして、マイクロミニからパンティをさらけだしてしまう。

「いやあああっ……」

羞じらう夏希の股間にぴっちりと食いこんでいたのは、紫色のパンティだった。レースの可愛いデザインだったが、色合いは妙にセクシーだ。

「ずいぶんいやらしいパンティを穿いてるんだな？」

龍之介は耳元でささやき、レースの薄布に指を伸ばしていった。こんもりと盛りあがったヴィーナスの丘を、ねちり、ねちり、と撫でさする。

「ああっ、いやっ……許してっ……許して、龍さまっ……」

夏希が開かれた太腿をぶるぶると震わせる。

「みんな見てるっ……うちの恥ずかしい格好、みんな見てるっ……」

「じゃあ、いいんだな？　ホテルに一緒に泊まらなくてもいいんだな……」

指を尺取り虫のように動かし、ヴィーナスの丘の下へとすべらせていく。レースの生地がじんわりと湿り、薄布の奥からむんむんと妖しい熱気が伝わってくる。

「濡れてるじゃないか？」

龍之介は夏希の耳元で吐息を高ぶらせた。

「いやだいやだと言ってるわりには、パンティの中はびしょ濡れなんだろう？」

「違うっ……違いますっ……それは汗っ……」

「汗なもんか。こんな局地的な汗のかき方するわけないよ」

女の割れ目の上でぐにぐにと指を動かすと、

「んんんんーっ！」

夏希はせつなげに眉根を寄せ、唇を淫らにわななかせた。龍之介は、抱き寄せている彼女の体が熱く火照っていくのを感じた。全体が大きいだけに放たれる熱気がすごく、気圧《けお》されてしまいそうだった。

4

夏希が滞在している宿は渋谷の路地裏にある小さなホテルだった。

交通の便こそいいものの、ずいぶんと古い造りで日当たりも悪く、宿泊料金も安そうだった。少ない小遣いをやりくりして東京までやってきたのだろうと思うと、夏希の健気さに胸が熱くなりそうになったが、

「……おい」

部屋に一歩足を踏みこんだ龍之介は、顔色を失った。

そこに鎮座していたベッドがダブルベッドだったからである。

「おまえってやつは本当に……なにがベッドが余ってるだよ。最初からエッチ目的だ

ったのか？」

「違う……違います……」

夏希は焦った顔で首を振った。

「うちは体が大きいから……大きなベッドじゃないとゆっくり眠れないのよ……でも、ひとりじゃスペースが余ってるのも事実で……」

「そういうのを屁理屈って言うんだ」

「……ごめんなさい」

夏希は殊勝《しゅしょう》に謝った。言い訳を続ける余裕をなくしていた。

公園で体をもてあそんだせいで、全身に甘ったるい匂いのする発情の汗をかき、乱れた髪さえ直せない有様なのである。

「まあ、いいか……」

龍之介はベッドに腰をおろした。

「悔しいけど、おまえには負けたよ。思う壺に嵌《はま》ってやるよ。さっきの続きをしようぜ……」

心臓がドキドキと高鳴っていく。夏希を彼女にしていいと、決心したわけではなかった。しかし、夏希に対する欲情は、もうこらえきれない。自分よりずっと大きくて、グラマラスな体をこの腕に抱き、勃起しきった男根で田楽刺《でんがくざ》しにしてやりたい。

「……やさしくしてくれる？」

夏希が上目遣いで訊ねてくる。

「するもんか、やさしくなんて」

龍之介はぞんざいに答えた。

「俺はベッドの上では超亭主関白なんだよ。嫌なのか、それじゃあ？」

「……それでいいです」

「じゃあ脱げよ」

身をすくめている夏希に、脂ぎった視線を注ぎこむ。

「望みどおりに抱いてやるから、裸になれ」

「ううっ……なんもそんな言い方せんでもいいのに……」

夏希は唇を噛みしめながら、震える手指でレモンイエローのニットから脱ぎはじめた。下は紫色のレースのブラジャーだった。続いてミニスカートを脚から抜いた。ブラジャーと揃いのパンティが股間にぴっちりと食いこんでいる。

「まだ脱ぐの？」

夏希は両手で胸を隠し、情けない中腰で訊ねてきた。

「全部だよ」

龍之介は鋭い眼つきで睨めつける。

「全部脱がなきゃエッチできないじゃないか」

「そんな、恥ずかしいやない……うちばっかり……」

夏希は大きな体をもじもじ揺すって羞じらったが、やがて両手を背中にまわしてブラジャーのホックをはずした。せっかく龍之介がその気になっているのに、チャンスを逃したくなかったのだろう。羞じらいながらもブラジャーを取り、乳房を露わにした。

（うわあっ……）

龍之介は思わず眼を見開いた。服の上からでも巨乳であることを隠しきれなかった夏希の胸のふくらみは、バレーボールのようなド迫力だった。色が白いから、なおさらそんなふうに見える。おまけに乳首は清らかな薄ピンクだ。

まぶしかった。間接照明の薄暗い室内で、夏希の裸身は輝いて見えた。

「早くっ！　早く下も脱げっ！」

興奮のあまり、つい声を荒げてしまった。悠然とした態度でいようと思っていたのに、いつの間にか前のめりの姿勢になっていたのは、ズボンの下で痛いくらいに勃起してしまったからだ。

「ううう……」

夏希はうめきながらパンティに手をかけ、中腰になっておろした。優美なハート型に茂った草むらが、龍之介の眼を射る。しかしそれは一瞬のことで、夏希はパンティを脚から抜くと、股間を両手で隠してしまった。

「おい……」

龍之介は鬼の形相で立ちあがり、情けない中腰になっている夏希に近づいていくと、腕を取って背筋を伸ばさせた。

(でかいな、やっぱり……)

裸になっても大女は大女だった。背が高いだけではなく、グラマーなので体に厚みがある。並んだ体感では、自分よりひとまわり大きい感じがする。

いままでの龍之介なら、それだけで充分に気圧されてしまっただろう。コンプレックスを刺激され、いじけた態度をとったかもしれない。

しかし、今夜は違った。欲望が煮えたぎっていた。東京に来てひと皮剝け、男として成長したところを、いまこそ見せてやるときだった。

「気をつけだ」

両手を股間から剝がすと、

「いややや……こんなのいややや……」

夏希は真っ赤になって首を振ったが、龍之介は許さなかった。左手で腰を抱き寄せ、右手を股間に伸ばしていく。猫の毛のように柔らかな恥毛を掻き分け、女の急所に指をあてがう。

「んんーっ！」

夏希の顔がくしゃっと歪んだ。

「濡れてるじゃないか？」

龍之介は勝ち誇った声で言った。

「いやだいやだと言ってるわりには、オマ×コぐしょぐしょじゃないか」

「だってっ……だってえっ……」

夏希が内股になってもじもじと身をよじる。普通の男ならはじきとばされてしまうような勢いだったが、龍之介は小柄でも力があった。しっかりと腰を抱きしめて、濡れた花びらをねちねちといじりたてる。

「どうしてだよ？　どうしてこんなに濡れてるんだ？」

「だって……だって、しようがないよ……好きな男にチュウされれば、女は興奮するもんやもん……体をいじられれば、濡れるもん……」

「脚を開くんだ」

龍之介は夏希の片脚を持ちあげ、側にあったソファに載せた。そうしておいて改めて股間に手を伸ばし、女の割れ目を指で開いた。ぱっくりと開くと、中からしとどに発情のエキスがあふれてきた。いじりたてると、ぴちゃぴちゃという猫がミルクを舐めるような音がたった。

「ああっ、いややっ……音たてんといてっ……恥ずかしいっ……」

「自分が濡らしすぎてるからいけなんだろう？」

龍之介は「ファックユー」スタイルに右手の中指を突き立てると、ぬぷぬぷと浅瀬を穿った。肉ひだがからみついてきた。奥からあふれた発情のエキスが、獣じみた匂いを龍之介の鼻まで漂わせてくる。

「くぅううぅーっ！　くぅううううーっ！」

夏希は首に筋を浮かべて髪を振り乱し、

「お願いっ、龍さまっ……ベッドにっ……ベッドに行かせてっ……」

「いやらしいな」

「そうじゃなくて、立ってられないんよっ……そんなにされたらっ……た、立ってられないっ……くぅうううううーっ！」

中指を鉤状に折り曲げて濡れた蜜壺から出し入れすると、じゅぽじゅぽと卑猥な肉ずれ音がたち、夏希の体がのけぞっていった。

「立ってられないなら座ればいいよ」

龍之介は蜜壺から指を抜き去ると、夏希をその場にしゃがみこませた。ハアハアと肩で息をする夏希の前で、シャツを脱ぎ、ズボンをおろしていく。はちきれんばかり

に猛り勃《た》った肉茎をブリーフから取りだすと、

「ああっ……」

夏希は口をぽっかり開けてそれを見つめてきた。

「舐めるんだ」

龍之介はずいっと腰を前に出し、裏側をすべて見せて勃っているペニスを夏希の鼻先に突きつけた。いや、ペニスなどという可愛い呼び名にそぐわないほど鬼の形相でいきり勃っており、肉の凶器とでも呼んだほうがよさそうだった。表面には太ミミズに似た血管を何本も浮かびあがらせ、エラが凶暴なまでに大きく張りだしている。

「ううっ。なんかみじめやわ、こんなん……」

夏希は恨めしげな眼を向けてきたが、

「いいんだよ、いやなら。やめたって」

龍之介が一喝《いっかつ》すると、おずおずと手指を伸ばしてきて肉竿を握りしめた。

「熱いっ……」

長い睫毛を震わせて、つぶやく。

「それに硬いっ……すごくカチンカチン……」

「おまえのせいだ……」

龍之介は息を呑みながら言った。

「おまえのせいでそんなふうになったんだ。興奮して大きく……」

「本当？」

夏希がひきつった笑顔を訊ねてきたので、

「ああ」

龍之介はうなずいた。

「だったら嬉しい。うちに興奮してくれたんなら……」

夏希は噛みしめるように言うと、ピンク色の舌を差しだした。ひどく遠慮がちに、ねろり、ねろり、と亀頭を舐めはじめた。

5

（むむむっ、たまんねえっ……たまんねえぞ、これは……）

唾液でぬらぬらと濡れ光っていくおのが男根を眺めながら、龍之介は五体が小刻みに震えだすのを懸命にこらえていた。

「うんふっ……ぅくふうっ……」

可憐に鼻息をはずませて亀頭を舐めまわしている夏希のフェラは、ぎこちなかった。処女ではないと言っていたけれど、さして経験もないのだろう。

「うんふうっ……ぅくふううっ……」

亀頭から竿にかけて唾液を塗りたくりつつ、時折亀頭にかぶりついては吸ってきた。未亡人叔母や人妻、あるいはドSの本性を隠しもつ保母さんに比べれば拙《つたな》いものだった。しかし、その拙さがたまらない興奮を誘ってくる。舌や唇を支配する緊張感が、初々《ういうい》しさとなってペニスに伝わってくるからだった。

しかも相手は、身長が十センチも高い大女。

その大女を足もとにひざまずかせ、硬く膨張した男根を舐めさせている征服感といったら尋常ではなかった。いくら平静を装おうとしても呼吸がはずみだし、顔が怖いくらいに熱くなっていく。

「咥えてくれよ……もっと深く……」

頭をつかんでささやくと、夏希はうぐうぐと鼻奥で悶えながらも、必死になって男根を口唇に沈めこんでいった。

「うんぐっ！　ぐぐぐっ……」

亀頭を喉奥まで到達させると、涙目になって眉根を寄せた。

いつか咲恵にされたように、喉奥で亀頭を締めつけるような芸当には程遠かったけれど、龍之介は身震いを禁じ得なかった。

涙ながらに息苦しさをこらえる夏希の表情が、たまらなくそそったからである。健気で、いじらしかった。頭をつかんでペニスを半分ほど抜いてやれば、安堵とともに表情も蕩けていく。顔を串刺しにされるようなことをされつつも、どこかうっとりした感じで眼の下を生々しいピンク色に染めていく。

「気持ちいいよ……たまらないよ、おまえの口……」

愛《いと》おしい気分になり、褒め言葉のご褒美を与えてやれば、今度はみずから率先して深く咥えこみ、唇をスライドさせはじめた。息苦しさに眉根に刻んだ縦皺はどこまでも深くなり、眼尻から涙さえ流しながら、みなぎる男根を舐めしゃぶってくれる。

「うんぐっ！　ぐぐぐっ……」

「むむむっ……むむむっ……」

龍之介は愉悦に両膝を震わせながら、もっと征服してやりたいと思った。この女をおのが男根でひいひいよがり泣かせ、完膚無きまでに絶頂させることができれば、そのとき味わう満足感は、きっと想像を絶するものだろう。背の高い低いなど、気にならなくなるかもしれないほどの……。

「……もういい」

口唇からペニスを引き抜くと、

「うんあぁっ……」

夏希はうめき声と一緒に、大量の唾液を口からあふれさせた。

龍之介はその腕を取って立ちあがらせ、

「今度はこっちの番だな……」

夏希をベッドに横たえた。

「脚を開けよ」

「ええっ？　ええっ？」

夏希はフェラチオの直後で、まだ呆然としていた。

「脚を開くんだよ」

龍之介は夏希の両膝をつかみ、M字に割りひろげていった。長い脚だった。むっちりした太腿の逞しさは、たじろいでしまいそうになるくらいだった。

しかし……。

その中心に咲いたアーモンドピンクの女の花は、慎ましやかだった。ハート型に茂った草むらの下で、小ぶりの花びらがそっと身を寄せあい、可憐な縦筋を一本描いている様子は、清らかと表現してもいいかもしれない。

ただし、濡れていなければの話だった。

見た目は慎ましやかでも、可憐な縦筋からは涎じみた発情のエキスを大量に漏らして、割れ目はおろか内腿まで濡らしていた。太腿の裏がすべて見えるほど両脚を押さえこんでやると、セピア色のすぼまりにまで水たまりができていた。見た目に反して、むんむんと漂う獣じみた匂いが濃密すぎた。

「いやや っ、龍さまっ！　恥ずかしいっ……見ないでっ……」

夏希はいやいやと身をよじったが、

「ふふっ、いい格好だよ」

龍之介は淫靡な笑みをもらして、夏希の恥部に脂ぎった視線を浴びせる。

「こうして見ると、おまえも可愛いもんだな。オムツを替えられるときの赤ちゃんみたいだ。こんなでっかい赤ちゃん、いるわけないけど」

「もうっ！　龍さまの意地悪っ！　意地悪言わないでえええっ……」

「いや、本当に可愛いって」

龍之介はアーモンドピンクの花びらに顔を近づけ、ふうっと息を吹きかけた。そこにあたった空気が、獣じみた匂いを含んで自分の鼻先に返ってきた。

「あああっ……」

夏希が空気のもれるような声をあげる。

「いいよ、夏希。オムツを替えられる赤ちゃんみたいなおまえ、とっても可愛いよ」

陶然とささやいた龍之介の言葉は、本心だった。いくら背が高い彼女でも、横にしてしまえば関係ない。ましてや体を二つ折りにしたこの格好では、男の前でどこまでも無防備だ。

「もっと可愛くしてやるからな」

ねろり、と割れ目を舐めあげてやると、

「あぁうううーっ！」

夏希はビクンッと腰を跳ねあげ、逞しい太腿を波打たせた。なにしろ大女のことなので、押さえこむのも大変だったが、興奮しきった龍之介は負けていなかった。逆にぐいぐいと両脚を割りひろげ、まんぐり返しのような格好にしていく。そうしつつ、舌をせわしなく躍らせて花びらを左右に開き、薄桃色の粘膜を露出させてしまう。

「ああんっ、いやんっ！　龍さまっ、いやあんんんんーっ！」

「なにがいやだっ！」

龍之介は吼《ほ》えた。

「おまえのオマ×コ、ぐしょぐしょだぞっ！　本気汁まで漏らしてるぞっ！」

「ひぃいいいいいーっ！」

肉穴に舌を差しこんでくなくなと刺激してやると、夏希はちぎれんばかりに首を振った。みるみる顔を真っ赤にして、髪をざんばらに振り乱した。

しかし、感じていることはあきらかだった。

舐めまわすほどに、熱い粘液があとからあとからこんこんとあふれてくる。肉の合わせ目から、真珠色のクリトリスが顔をのぞかせる。

「ここがいいんだろ？　ここが」

鋭く尖らせた舌先で急所の肉芽を突きまわすと、

「あああっ……あああああっ……」

眼を見開いて、すがるように龍之介を見てきた。そうしつつも、宙に掲げた足指を、折り曲げては反らし、反らしては折り曲げる。いても立ってもいられないとばかりに、まんぐり返しに押さえこまれた四肢をよじらせる。

体のわりには小さなクリトリスだった。

小さなぶんだけ性感がぎゅっと凝縮し、感度が高いのかもしれない。

「はぁあああっ……はぁあああっ……はぁああああああーっ！」

舐め転がすほどに、夏希の放つ悲鳴は甲高くなっていった。股間からたちのぼる女の匂いが濃密になり、全身が生汗でキラキラと輝いていく。顔はもちろん、耳から首筋、胸元まで生々しいピンク色に染め、啜っても啜っても熱い花蜜をあふれさせた。

（もう……もう我慢できないよ……）

できることなら舌技で一度オルガスムスに導いてやりたかったが、二十歳の龍之介にそれほどの忍耐力はなかった。

クンニリングスを中断し、まんぐり返しから正常位の体勢に移行した。勃起しきった肉茎を濡れた花園にあてがい、挿入の準備を整えた。

「おい……」

上体を起こしたまま夏希を見下ろすと、

「ううっ……」

夏希は唇を噛みしめて顔をそむけた。両脚をひろげられ、その中心に男根をあてがわれて、いまにも貫かれようとしているその姿は、普段の天真爛漫な大女とは思えないような、無防備ゆえの艶やかさがあった。

「……いくぞ」

龍之介の言葉に、夏希が息を呑んでうなずく。眉根を寄せ、ぎりぎりまで眼を細めた表情に、期待と不安が交錯している。欲情でねっとりと潤んだ瞳に、わずかな怯《おび》えがよぎっていく。

それを振り払うように、龍之介は腰を前に送りだした。上体を起こしたまま、結合場面をしっかりと見ていた。亀頭がアーモンドピンクの花びらをめくりあげ、中に入っていく様子を凝視しながら、腰をひねった。

「んんんっ……んんんんんっ……」

夏希が悶える。悶えながらも、眼を閉じない。両脚の間をずぶずぶと貫かれながら、視線をからめてくる。龍之介も視線を合わせたまま、穴を穿っていく。濡れた肉ひだがぴたぴたと吸いついてくる感触が、たまらなく心地いい。

「んんんっ……んぁあああああーっ！」

ずんっ、と最奥を突きあげると、夏希は顔をくしゃくしゃにして両手を伸ばしてきた。龍之介はその両手を受けとめながらも、抱擁には応えなかった。上体を起こしたまま、性器の結合部分と夏希の顔を交互に見た。フェラチオのときよりずっと深い征服感が、全身の血を沸騰させていった。

「おおおっ……入ってるぞっ……丸見えだっ……俺のチ×ポが夏希にっ……夏希のオマ×コに入ってるっ……」

言いながら、腰が自然と動きだす。ずずっと抜くと、アーモンドピンクの花びらが肉竿に吸いつき、唾液よりずっと濃厚な粘液を塗りたくってきた。再び入れて、出した。女体を貫いている様子を、血走るまなこでむさぼり眺めた。

「ああっ、いやあっ！　見ないでっ……見ないで、龍さまっ……」

「見ないわけにいくもんかっ！」

龍之介は火を噴くように叫んだ。

「こうされたかったんだろう？　ダブルベッドしかない部屋に誘って、おまえだってこうされたかったんだろう？」

ストロークのピッチをあげていくと、奥の奥までぐっしょり濡れた蜜壺が、ぬんちゃっ、ぬんちゃっ、と粘りつくような音をたてた。

「いやっ、恥ずかしいっ！　恥ずかしいようっ！」

「おまえのオマ×コがたててる音だっ！」

ぐいぐいと腰を振りたて、さらに無惨な音をたててやる。ずちゅっ、くちゅっ、ずちゅっ、くちゅっ、という肉ずれ音と、パンパンッ、パンパンッ、と太腿をはじく渇いた音が交錯し、龍之介を陶酔の彼方《かなた》にいざなっていく。

(俺……俺、なんでこんなに興奮してるんだ……燃えまくってるんだ……)

自分でも、五体を揺るがす欲情が怖いくらいだった。いま体を重ね、性器を繋げているのは、あれほど忌《い》み嫌っていた夏希だった。身長が十センチも高い大女だった。けれども逆に、いまはそのことが興奮を誘う。自分より十センチも背が高い女を男根一本でコントロールしていることに、たとえようもない全能感を覚えている。

「どうだ？　気持ちいいか？　そらっ！　そらっ！」

「ああっ、いやああっ……龍さま、いやあああっ……」

「気持ちいいのかって訊《き》いてるんだよ。よくないならやめちゃうぞ」

言いながら、夏希の乳房に手を伸ばしていく。バレーボールをふたつ並べたような迫力の巨乳を両手で鷲づかみにし、むぎゅむぎゅと揉みたてる。指を簡単に押し返してくる弾力に唸りながら、ねちっこく揉みしだく。

「どうなんだよ？　いいんだろ？　乳首がこんなに勃ってるじゃないかっ！」

左右の乳首をしたたかにつまんでやると、

「くぅうううううーっ！」

夏希は白い喉を見せてのけぞった。だが、同時に腰が動きだした。龍之介のストロークを受けとめるように、腰をまわして肉の摩擦を痛烈にした。

「腰が動いてるぞ」

龍之介はニヤリと笑い、こよりをつくるようにふたつの乳房を押し潰す。

「いやらしいな。いやだいやだって言いながら、腰が動いてるじゃないかよ」

「言わないでっ……ああっ、言っちゃいやっ！」

夏希はいよいよ本格的に感じはじめているようだった。必死になって首を振りつつも、腰の動きはとまらない。それどころか、長い脚を龍之介の腰に巻きつけてくる。もっと突いてと言わんばかりに、逞しい太腿でぎゅうぎゅうと締めあげてくる。

「むむむっ……」

龍之介は上体を起こしていられなくなり、満を持して夏希に覆い被さっていった。汗にまみれた女体をきつく抱きしめた。

「ああっ、龍さまっ！　気持ちいいっ！　気持ちいいようっ！」

夏希は感極まった声をあげたが、龍之介はそれどころではなかった。

（やっぱり、でかい……）

それが偽らざる感想だった。叔母や奈実にしても龍之介より背が高かったが、これほどの違和感は感じなかった。上から覆い被さっているのに、まるでしがみついているかのようだ。

しかし、負けるわけにはいかなかった。

抱きしめたことで結合感は深まったので、ぐいぐいと腰を振りたてた。経験は少々心許ないが、未亡人から人妻、ドSの保母さんまでを絶頂に導いた腰使いだった。夏希のことだって、イカせられるはずなのだ。いや、イカせてやりたいのだ。

「むうっ……むううっ……」

鼻息も荒く連打を放てば、

「はぁああっ……はぁあああっ……はぁああああああーっ！」

夏希の悲鳴も甲高くなっていく。

彼女の腰は相変わらず動いていた。直線的に抜き差しする龍之介の律動を受けとめるように、身をよじって摩擦感をあげてきた。ぬんちゃぬんちゃっ、ぬんちゃぬんちゃっ、という粘りつくようなリズムを共有しながら、お互いの性器が密着感をあげていく。真っ赤な顔で見つめあえば、磁石のS極とN極のように、唇が吸い寄せられていく。腰を振りあいながら、舌をからめ、唾液を啜りあう。

たまらなかった。

龍之介は、気がつけば夏希の体に溺れていた。溺れるという表現がこれほど似つかわしい体はざらにはないと思った。先ほど感じた違和感がネガからポジへと反転し、肉体の大きさこそが衝撃的な魅惑となった。

突けば突くほど、男根が硬くみなぎりを増し、尖っていく。まるで戦闘機が、航空母艦の甲板に着陸するようにしてストロークを送りこむ。スピードが加速する。速さは力であり、欲望のエネルギーだった。航空母艦たる夏希の大きな体は、すべてを受けとめてくれた。猛り勃ち、先鋭化し、爆発しようとする男のすべてを、いやらしすぎる肉の動きで煽りたてる。

「ああっ、いやっ……いやいやいやいやっ……」

夏希が切羽詰まった声をあげた。

「うち、イッちゃいそうっ……先にイッちゃいそう……」

「こっちもだ……」

龍之介は唸るような声で答えた。

「こっちも、もうっ……もう我慢っ……我慢できないいいいいーっ！」

夏希の体にしがみつき、渾身のストロークを放った。体ごとぶつけるような律動で、フィニッシュの連打を送りこんだ。

「おうおうっ……出るぞっ出るぞっ……おおおううううーっ！」

雄叫びをあげて、煮えたぎる欲望のエキスを噴射すると、

「イクイクイクイクッ……うちもイッちゃううううーっ！」

夏希も悲鳴を重ねあわせ、ビクンッ、ビクンッ、と体を跳ねあげた。恍惚の彼方へと駆けあがっていくその肉の躍動が、龍之介をさらなる境地へといざなった。暴れる女体にしがみついて射精を続ける快感は、常軌を逸していた。眼もくらむような陶酔感と、身をよじるような快美感が同時に訪れ、愉悦の波に揉みくちゃにされた。

「おおおおっ……おおおおおっ……」

「はぁあああっ……はぁああああっ……」

声を重ねて、しつこく身をよじりあった。出しても出しても、肉と肉との一体感は深まるばかりで、快楽も深まっていく。こんなことは初めてだった。龍之介は夢見心地で射精を続けた。最後の一滴を漏らしおえると意識が遠のき、桃色の夢の中へと落ちていった。

エピローグ

「おい、俺の前を歩くんじゃない」

龍之介は、カツカツとミュールを鳴らして前に出た夏希をたしなめた。

「女は男の三歩後ろを歩くもんだ。それが大和撫子だろう？」

「ごめんなさい、龍さま……」

夏希は肩を落として謝ったが、

「ちょっと、龍之介くん。どうしてあなた、夏希ちゃんの前だと、そうも偉そうなわけ？　大和撫子って、いったい何時代の話なのよ」

奈実が酸っぱい顔で口を挟んできた。

「そうよ、龍之介くん。せっかくこんなにいい彼女ができたのに、そういう態度じゃ捨てられちゃうから」

叔母の有希子も言い添えてきたので、

「いいんですよ、これで」

龍之介はぶんむくれた顔で反論した。

「こいつは甘い顔するとすぐ調子に乗るから、ビシビシいかないとダメなんです」

ここは東京駅の新幹線プラットホーム。

田舎に帰る龍之介と夏希を、叔母と奈実が見送りにきてくれたのである。

渋谷のホテルで結ばれたふたりは、そのまま付き合うことになった。付き合ってほしいと、龍之介から告白した。夏希の抱き心地のよさに降参した格好だったが、そこまでは素直には言えなかった。「やっちまったから責任をとるよ」と、表面的にはあくまで渋々付き合うことにした。

しかし、夏希は夏希で図々しかった。

「嬉しい。だったら、うちも龍さまが帰るまで東京にいる」

などと言いだし、かといってホテルに滞在するお金もなかったので、〈H保育園〉に居候を決めこんだのだった。

遊戯室での3P以来、龍之介と叔母は険悪な雰囲気になっていたのだが、夏希の出現で緊張は緩和された。叔母はわざとらしいほどの笑顔で夏希のご機嫌をとり、夏希が正式に龍之介の彼女になったという話を聞くと、これ見よがしに安堵の溜息をついた。

「龍之介くん、とってもいい男だから、素敵な彼女ができればいいって叔母さんも応援してたの」

叔母の言葉は、まさしくお為《ため》ごかしだった。これで悪夢の3Pの件は忘れてくれるに違いないと、その顔にしっかりと書いてあった。

また、夏希の図々しさは居候だけにとどまらず、

「わたしも大学を卒業したら保母さんの資格を目指そうと思ってるんです」

などとよけいなことを言ったので、三日間の滞在中、臨時アルバイトとして園児たちの相手をすることになった。

おかげで夏希は、奈実とも仲良くなった。たったの三日間一緒にいただけなのに、十年来の幼なじみか姉妹のようになってしまった。

「龍之介くんにいじめられたら、すぐにわたしに相談してね。わたしがとっちめてあげるから」

奈実に言われ、

「はい、おねえさま。頼りにしてます」

と奈実の腕を取って甘える夏希は、本当に天然の「人たらし」だった。

(しかし、まあ、すべてが丸く収まってよかったよ……)

新幹線がやってくるのを待ちながら、龍之介は胸底でつぶやいた。

夏希とのことはまだまだこれからで、この先どうなっていくのか定かではないが、

ひとまず叔母や奈実と普通に話ができるようになったことは喜ばしい。

　二カ月前、このホームに降りたったときは童貞だった。それを奪ってくれた叔母と険悪なムードで別れたくなかったし、奈実にオムツをさせられたことさえ、いまとなってはいい思い出である。理想とはずいぶんかけ離れた結果になってしまったけれど、ステディな彼女もできたことだし、龍之介の二十歳の夏休みは大充実のうちに幕を下ろそうとしていた。

　新幹線がホームに入ってきた。

「じゃあ、叔母さん、奈実さん、お世話になりました」

　龍之介が頭をさげると、

「とにかく、夏希ちゃんのことは大事にしなさいね。あなたたち、本当にお似合いのカップルだから」

　叔母が言い、龍之介はうなずいた。「叔母さんはあんまり出会い系サイトにのめりこまないほうがいいですよ」とは、思ったが言わなかった。

「あんたとはいろいろあったけど、これで水に流しましょう。悪い思い出は全部忘れて帰ってね。で、また東京に来たら、保育園に遊びにいらっしゃい」

　奈実ににっこりと笑いかけられ、

「はい。奈実さんも近くに来たら、うちに寄ってください」

龍之介も満面の笑顔で返した。自分も大人になったものだと思った。心の中で「水に流してもらいたいのは奈実さんのほうでしょう？　だいたい、もう二十代後半なんだから、さっさと結婚しないと行かず後家ですよ」とつぶやく。

新幹線に乗りこみ、ふたりに手を振られながら東京駅を送りだされた。

龍之介の頭の中では蛍の光が切々とリフレインしていた。

「ねえ、龍さま……」

隣で夏希は言い、

「龍さまって言うな」

龍之介は即座に返した。

「それ、放っておくと定着しそうじゃないか。田舎に帰ってもそんな呼び方してたら、返事してやらないからな」

「……ごめんなさい」

「……わかればいいけどさ」

龍之介は胸底で深い溜息をついた。

そんなにケンケン怒ることはなかったと、反省がこみあげてくる。叔母や奈実の前では照れくささもあり、つい冷たい態度をとってしまったが、夏希は生まれて初めてできた愛しい彼女なのである。ようやくふたりきりになれた帰りの道中くらい、素直になってラブラブなムードでいたい。

（駅弁でも食うか。ビールも飲んじゃったりして。そうすれば、少しはいいムードになってくれるんじゃ……）

車内販売のカートが来ないか首を伸ばしてうかがうと、

「ねえ……」

再び夏希が声をかけてきた。

「なんだよ？」

「オムツってなに？」

「はあ？」

龍之介は驚いて眼を丸くした。

「奈実さんが、龍さまにいじめられたら、オムツって言いなさいって。オムツしちゃうぞって」

夏希の口許にふっと笑みが浮かんだ。口の端だけを歪めた意味ありげな笑みで、それまで彼女が見せたことのない表情だった。しかし、どこかで見たことがある。嫌な予感がこみあげてくる。奈実の邪悪な笑みにそっくりだったのだ。

（まさか……まさか、奈実さん、オムツの話を夏希に話したんじゃ……）

龍之介の顔からはサーッと血の気が引いていった。亭主関白を気取りたくても、オムツをして射精に導かれた話がリークされていたらおしまいである。こちらのほうが、三歩後ろを歩かなければならない。

「なななな、奈実さんがなんか言ってたのか？　オムツに関して……」

「ううん、べつに」

夏希は首を横に振ったが、口許にはまだ邪悪な笑みが浮かんでいる。彼女がオムツの真実を知っていることは、予感から確信に変わった。

「顔色が悪いわよ、龍さま」

「な、なんでもないさ」

「龍さまって言うなって、言わないの？」

「呼びたければ呼べばいいよ」

「ふふっ、嬉しい」

腕を取って甘えてくる夏希を尻目に、龍之介は泣き笑いのように顔をくしゃくしゃにした。

（頼むよ、奈実さん……そりゃないよ……）

自分より背が高くても、少しばかり年上でも、せめて男をたててくれる女を彼女にしたかったのに、これでは理想が全滅だ。

そうかといって、夏希のことはもう手放せそうもなかった。抱く前ならともかく、あれほどの抱き心地を味わってしまった以上、田舎に帰っても何度でも愛しあい、恍惚を分かちあいたい。

（なんだよ、チクショウ。結局、こいつの尻に敷かれる運命なのかよ……）

夏希はまだニヤニヤと口の端を歪めて笑っている。

どうやら、諦めるしかなさそうだった。

車窓に眼を移すと、流れる東京の景色が涙に曇って見えた。

（了）

※本書は二〇一〇年八月に刊行された
竹書房ラブロマン文庫『みだらな保
母さん』の新装版です。

＊本作品はフィクションです。作品内に登場する人名、地名、団体名等は実在のものとは関係ありません。

長編小説

みだらな保《ほ》母《ぼ》さん <新装版>

草《くさ》凪《なぎ》 優《ゆう》

2019年10月7日　初版第一刷発行

ブックデザイン…………………… 橋元浩明(sowhat.Inc.)

発行人……………………………………… 後藤明信

発行所…………………………………… 株式会社竹書房

〒102-0072　東京都千代田区飯田橋2－7－3

電話　03-3264-1576（代表）

03-3234-6301（編集）

http://www.takeshobo.co.jp

印刷・製本……………………………… 凸版印刷株式会社

ISBN978-4-8019-2016-3　C0193

竹書房文庫　好評既刊

長編小説

媚薬団地

橘 真児・著

妖しき煙が女たちを発情させる!

蜜濡れの団地! 淫惑の集合住宅エロス

団地に住む冴えないサラリーマンの関谷信太郎は、ある晩、南米旅行の土産である怪しげなお香を焚いてみる。すると、隣の奥さんが突然訪ねてきて信太郎を甘く誘い、二人で快楽を貪ることに。どうやら、土産のお香に女を発情させる媚薬効果があると気づいた信太郎は…!?

定価 本体660円＋税

竹書房文庫　好評既刊

長編小説

まかせて人妻

草凪　優・著

「快楽ご奉仕、おかまかせください!」

カリスマ作家が贈る青春エロスの快作

職なし・金なし・彼女なしの桜庭拓海は、ひょんなことから家政夫となった。とまどいながら仕事を始めるが、顧客の人妻たちはワケありの美熟女が多く、家事以外にも秘密の用事を頼まれて…!?「奥さん、家事も快楽もおまかせください!」大人気作家が描く極上の青春誘惑エロス。

定価　本体650円＋税

竹書房文庫　好評既刊

長編小説

ジョギング妻のしずく

草凪　優・著

発情の汗を滴らせる美熟女たち！

中年男に巡ってきた女運…絶品回春ロマン

単身赴任中の七尾幸四郎は、精彩を欠いた現状を変えようと、一念発起して朝のジョギングを始めた。すると、欲求不満の女性ランナーたちと公園で知り合い、とろけるような快楽を分かち合うことに。さらに、いつもの公園で胸熱の美熟女との運命的な出会いが待っていた…！

定価　本体650円＋税